激情耗尽

All Passion Spent

Vita Sackville-West

[英] 薇塔·萨克维尔 - 韦斯特 著

沈矗 孙芸珏 译

GUANGXI NORMAL UNIVERSITY PRESS
广西师范大学出版社
·桂林·

谨以此书献给正值韶华的

本尼迪克特和奈杰尔

故事里的人儿已然老去

他借此伟大事件，

　让他的侍者们从中汲取真正的经验，

让他们带着慰藉平和离去，

　心中一片宁静，一切愁云消散。

　　　　　　　　——《力士参孙》

1

身为斯莱恩勋爵一世，亨利·莱尔夫·霍兰德年事颇高，人们甚至以为他将永存于世。世人皆以长寿为慰藉，虽势必也曾不以此为然，但终究乐于承认，岁至期颐实乃优良品质。人类自始以来缺憾不少：生而有时，奈何命短便是其一，长寿之人至少在此赢回一局。命有定数，若能在寿终正寝前偷得二十载光阴，也不失为胜人一筹。我们借以安放价值信仰的天平便是如此渺小。就是在这么一个温暖的五月早晨，火车上，城里[1]的人们打开报纸，读到九十四岁高龄的斯莱恩勋爵于昨晚晚饭后猝然长逝，不禁大惊失色，将信将疑。"原来是心力衰竭。"人们颇有见地

1　特指伦敦的商业和金融区。——译注（全书脚注若无特别说明，均为译注。）

地说，其实只不过是引述报纸上的内容，末了还不忘一阵叹息。"哎，又一位老寿星走了。"众人都有同感：又一位老寿星走了，让人倍感生命无常。各大报纸纷纷最后一次大肆收集报道亨利·霍兰德的生平种种，顷刻间，他的一生仿佛凝聚成一颗坚硬的板球，一把击中众人：大学时期，他意气风发；之后，他年纪轻轻，便位居内阁高位；临终之际，他已是斯莱恩勋爵，且手握嘉德勋章、印度之星大十字勋章、印度帝国大十字勋章……——种种荣誉犹如彗星之尾，渐失光芒——晚饭过后，他瘫坐在椅上，九十余年的光阴忽然褪变成历史。时间仿佛在那一刻往前跳脱了一步，而他却已无力展臂阻止这一切。过去十五余载，他鲜少抛头露面，支持政务，但他却从未真正离开自己的工作；在议会里，他时而和风细雨，娓娓道来，时而敏睿判断，洞悉世事，时而激昂雄辩却极具嘲讽，一度让他那些更为激进却有勇无谋的同僚虽不能就此作罢，却也坐立不安。亨利·霍兰德一向崇尚精简，鲜有此类论断，正因罕有，其才有苦口良药之效，毕竟人们深知此乃一代传奇的经验之谈。这位耄耋老人，若是愿意打起精神，阔步亲临西敏寺，以他那严谨、冷静却不乏个性的方式畅谈己见，媒体和民众定会洗耳倾听。从未有人真正抨击过霍兰德勋爵，或谴责他迂腐守旧。虽历经几代，但在所有党派和世人眼中，他的幽默和魅力，柔情和理智让他近乎完人，神圣而不可侵犯。所有的政客乃至政治家之中，唯有他享此殊荣。抑或是因为他看尽世间百态，却未曾触及生活，人人皆知他超然脱俗，从不像所谓的专家那样招人怀疑甚至憎恶。他是一个享乐主义者、人道主义者、运动爱好者、哲人、学者，集魅力与智慧于一身。他天生心智成熟，这一品质在英国绅士中也是寥寥无几，颇令人称羡。对于所有现实问题，他总是一副漠不关心，勉为其难的样子，要从他嘴里撬出个肯定的答复着实不易，这让他的同僚和下属们常常时而欣喜，时而愤恨。往往事情越是紧要，他越是草率处之；他会先在备忘录上洋洋洒洒罗列一个政策正反两条路径的优点，之后才在最底部写上一个"同意"，为此他的部下无不抓耳挠腮，心烦意乱。人们总说，为官从政毁了他，因为凡事他都必须兼顾正反两面，虽然这话中略带怒意，但人们也只是随口一说，而非当真，因为他们明白，一旦被逼入绝境，斯莱恩勋爵比起任何一个身居要职、正襟危坐的政府官员，都要犀利决绝。一份报告，旁人还未来得及读完，他却只需一眼，便已抓住要害，洞悉纰漏。他行事机敏谦和，常让记者们的盲目乐观、鼠目寸光遁于无形；他一向为人谦和恭敬，举止得体有礼，却总打得敌方措手不及，不给人留一丝招架还手之力。

斯莱恩勋爵气质独特，不仅深受百姓喜爱，也颇得漫画家青睐；他习惯把眼镜挂在宽宽的缎带上，黑色绸缎领圈外加珊瑚纽扣点缀的礼服马甲是他一贯的装束。虽然汽车早已风行多时，但他依然偏爱他那驾私家双轮马车；坊间有关他的传说，虚实真假虽不易分辨，但多少铸就了他的形象。当他终以八十五岁高龄在德比马赛中胜出时，台下掌声雷动之势无人可比。但只有他的妻子觉得他的这些个人成就抑或特质总与既定政策有着莫大关联。勋爵夫人生来心慈人善，宽容豁达，然而和斯莱恩勋爵夫妻七十载，她也学会了给自己披上一层愤世嫉俗的面纱。"这位可敬的老人，"火车上的人们若有所失道，"哎，他走了。"

是的，他真的走了，再也不会回来了。勋爵夫人看着他静静地躺在埃尔姆帕克街的灵床上，默默寻思着。屋内的百叶窗并未放下，因为勋爵生前再三关照，他若是去了，房间一定要敞亮，不能漆黑一片；尽管他人已不在，但依然没有人敢违背他的意愿。他躺在一片阳光下，身体宛若一座雕塑，倒是省去石匠一番忙碌。他生平最为疼爱、对其百依百顺的曾孙曾打趣说，他若哪天死了，也是一具美丽的尸体。而今玩笑成真，一语成谶，令人唏嘘不已。勋爵天生一张肃穆凝重的脸，即使活着的时候也给人一种死亡带来的庄重之感。他的皮肤已微陷，好在瘦削的鼻子、下巴依然坚挺，额角的轮廓依然清晰；他的嘴唇线条更加硬朗，那里封存了他一世的智慧。最重要的是，此时的斯莱恩勋爵虽已驾鹤西归，但他一如生前一般整洁精致，即使身上蒙着白布，你依然会说："这儿躺着一位优雅的绅士。"

然而，尽管令人敬畏，死神终将还万物以本来面目。曾经如此尊贵的脸庞已风采不再；曾经口吐戏谑之言，却不至令人厌弃的双唇已饱满不再；曾经小心隐藏的雄心壮志如今却在骄傲挺拔的鼻尖曲线里一览无余。曾经掩藏在周全礼数之下的冷酷内心没了往日笑容的掩护，突然显得如此冰冷。他长相俊俏，却并不讨喜。他的遗孀独自一人在房内凝视着他，脑海里满是奇怪的想法，她的孩子们如若知道这些想法，定会大吃一惊。

然而，她的子女们并不在那看着她。他们六人全都被召集在客厅，加上两个儿媳和一个女婿，总共九人。多可怕的一场家族聚会啊，就好像一群又黑又老的乌鸦，伊迪丝心想；她是家中最小的孩子，讲话总是慌里慌张，总想着用三言两语甚至一个词便把事说清楚，但这好比注水入罐，倾倒之时，水难免溢出外溅，话里话外大量的明指暗喻早已逃之夭夭。想要再次捕捉它们，无异于捧水于掌间，根本无济于事。手头随时备个笔记本和铅笔，或能有些帮助，但当我们忙着推敲字眼之时，心中的思绪早已不知去向。再说，用笔记本又不让旁人看到貌似有点困难。速记？但我们不能如此思考问题，必须训练自己的大脑，让自己专注于眼前之事，正如其他某些人似乎可以轻而易举做到的那样。诚然，一个人如果到了六十岁依然不得其法，那他恐怕永远都学不会了。多可怕的一场家族聚会啊，伊迪丝总算回过神来：赫伯特、卡丽、查尔斯、威廉，还有凯；梅布尔、拉维妮亚；罗兰。他们分成了好几群：先是霍兰德家子女一群，后是两位嫂子一组，最后还有一位姐夫；但之后他们重新划了阵营：赫伯特和梅布尔、卡丽和罗兰；查尔斯；威廉和拉维妮亚；最后还有凯孤零零一个。难得他们全都到齐了，一个不差——倒是奇怪——伊迪丝心想：死神竟然成了召集者，仿佛所有生者即刻前来赴约，是为寻求保护和相互支持。天啊，我们都老了。赫伯特得有六十八岁了，我也六十了；爸爸九十多岁，妈妈八十八岁。伊迪丝开始在心头默算所有人的年龄总和，突然脱口问道："你多大了，拉维妮亚？"不禁吓了众人一跳，纷纷瞪着她，以示谴责。但这就是伊迪丝，她从不留心别人讲了什么，然后总会突然说些风马牛不相及的话。伊迪丝本可以告诉他们，这一生她都努力尝试表达自己的真实想法，只可惜从未成功。她说出口的话常和她的本意完全相反。她害怕自己有朝一日会因口误说出不雅之词。"爸爸死了岂不是太棒了。"她可能会说出这样的话来，而不是"岂不是太糟糕了"。当然有比这更糟的可能，那就是一不小心蹦出一些个惊世骇俗的字眼，那种屠夫用铅笔在地下室过道的白墙上潦草写下的字眼，以及那些和厨师掰扯的含糊之词。这可真是件苦差；一件落到埃尔姆帕克街的伊迪丝和全伦敦成百上千个伊迪丝头上的苦差。但她的家人对此却一无所知。

让他们欣慰的是伊迪丝脸红了，她紧张地抬手摆弄着她的几缕灰发。这个动作表明她没再说话。伊迪丝被吓得慌了神后，其他几人又重拾刚才的老话题，声音略微低沉了几分，神情适当地悲切了一点。就连平日习惯大声说话的赫伯特和卡丽也压低了嗓门。他们的父亲躺在楼上，母亲守在他身边。

"母亲真了不起。"

伊迪丝心想，他们一再地重复着这个说法，语气中夹杂着深深的惊讶，仿佛他们本已料到母亲会因父亲的离世而大哭大闹，胡言乱语，悲伤得不能自已。伊迪丝深知自己的几位哥哥和一位姐姐私下一直觉得母亲就是个没脑子的人。母亲总会时不时说些让普通人摸不着头脑的话，她对现实世界一无所知不说，还总冒出些冲动鲁莽之语，虽讲的是英文，但却如同外星语言般不知所云。母亲乃无能之妇，他们常常用或喜或悲的口吻故作礼貌地说，这甚至成了家中的招牌笑话；然而在这非常时期，他们找到了新的措辞：母亲可真了不起。这样的措辞是众人所期待的，所以他们照说了，而且反复不停地说，好似一段周期性出现在他们谈话中的副歌，让他们的对话快速升华，迎来高潮，但之后逐渐趋于平淡，最后再次回到现实语境。母亲的确很棒，但之后该拿她怎么办呢？很明显，她不可能终其余生一直如此。无论如何，总有那一刻，得允许她崩溃痛哭，然后等她情绪过去，得找个地方安顿好她。屋外大街上，印有"斯莱恩勋爵仙逝"几个大字的海报格外惹眼。记者们在舰队街来回奔跑收集新闻题材；他们会猛扑向那鸽笼似的可怕的骨灰安置场所，那儿存放着所有现成的讣告；他们可能会抢夺别人的消息线索："我说，斯莱恩老头真的总是随身携带铜币吗？总是穿绉胶底的鞋子吗？总是用咖啡蘸面包吃吗？"任何能写出一段好文的消息他们都不放过。送电报的小弟们将红色自行车靠在路边，按响门铃，送去褐色吊唁信，这些吊唁来自世界各地、来自大英帝国每个角落，尤其是斯莱恩勋爵治理过的地区。花商们送来花圈——狭窄的过道上早已摆满花圈——"来得也太快了。"赫伯特边说，边透过他那单片眼镜略带嫉妒地打量着花圈上附带的卡片。老朋友会登门拜访："赫伯特——实在太突然了，当然了，我也不敢奢望能见到您亲爱的母亲。"但明显他们还是想见上一面，希冀赫伯特能为他们单独破一次例，赫伯特当然只能打发他们走，甚至暗自享受地说："你知道的，母亲生性坚忍；真的很了不起，我不得不说；但至少现在来看，你明白的，我相信她除了我们几个子女以外，其余谁都不想见。"话语间赫伯特再三摆手婉拒，他们只能作罢告辞，甚至都还没走到门厅或是门阶。记者们在人行道上来回溜达，脖子上挂着的相机就像黑色六角手风琴般晃来晃去。屋外种种不断上演，但是屋内楼上，母亲依然守着父亲，而她今后何去何从，这个问题深深地压在子女心头。

当然，不管子女们做什么样的安排，她全然不会质疑他们的智慧。母亲完全没有主见；她这漫长的一生，虽然优雅温柔，但一直异常顺从——典型的附属品。她甚至被认为没有脑子为自己做主。"感谢上帝，"赫伯特常常感慨，"还好母亲不是个聪明女人。"他们从未料到，母亲可能有自己的思想，只是从未与人提及。他们想着母亲应该不会给他们添太多麻烦。他们也未曾料到，平日无足轻重、讨人喜爱的母亲，竟有可能在多年后突然掉转头来戏耍他们——而且是好几次。她不是个聪明女人。她会感激他们帮她安顿余生。

他们一同在客厅不自在地站着，身体重心一会儿落在左脚一会儿落在右脚，但就是不曾想着坐下来。在他们看来，这样有所不敬。尽管他们一向理智淡定，但是死亡，即便是意料中终将到来的死亡，还是让他们略有不安。他们当中有人即将踏上新的征程，有人生活受到极大影响，他们周围的气氛异常凝重，空气中飘满了未知。伊迪丝本想坐下来，但又不敢。家里的人可真多啊，她心想；又多又黑又老，甚至各自还有了孙辈。她觉得，我们也挺幸运的，平日里本就常穿黑色的衣服，虽然现在还未到领丧服的时候，卡丽就有点惨了，竟穿了件粉色衬衫。一如往常，他们黑压压一片，宛如乌鸦一般，卡丽黑色的手套、围巾和手袋一并放在写字台上。霍兰德家的女士们依然戴长围巾，穿高领，过马路时还得提起身上的长裙，在她们看来，任何向时尚妥协的行为都与她们的年龄不符。伊迪丝羡慕姐姐卡丽。伊迪丝并不喜欢她，甚至有点怕她，但还是非常羡慕、甚至嫉妒她。卡丽遗传了父亲的鹰钩鼻和威严气场；她身材高挑、皮肤雪白、高贵优雅。赫伯特、查尔斯和威廉三人也都身材高大、气度不凡；只有凯和伊迪丝又矮又胖。伊迪丝又走神了：凯和我，我们可能和其他人不是一家的，她心想。凯其实就是一个矮胖的老先生，长着明亮的蓝眼睛，整齐的白胡子，家里其他几个兄长胡子剃得一干二净，跟他完全不一样。长相是个多么奇怪的东西，而且如此之不公。它会主宰这一辈子外界对一个人的看法和评价。如果一个人看起来微不足道，那外界就会觉得他碌碌无为；然而一个人不太可能看起来微不足道，除非他活该如此。但凯似乎过得挺快乐；他从不关心什么人生意义，甚至什么都不在乎；他的单身公寓，以及他收集的罗盘、星盘似乎比社会尊重、娶妻成婚或是自在生活更让他满足。因为他是这世上关于地球仪、罗盘、星盘及其他同类仪器最具权威的专家；凯真幸运，伊迪丝心想，能够如此安心专注于一个小小的领域。（尽管对从不喜欢跋山涉水的人而言，这的确是奇怪的选择；对他来说，它们是收藏家分了类、贴了标签的藏品，但对伊迪丝这样有浪漫情结的人而言，它们远不只是小小的黄铜和红木，错综复杂的枢轴、平衡环、圆盘和线圈，镀有几内亚黄金的黄铜和深棕色木头，以及黄道十二宫符和跃出海面的喷水海豚；它们是一个冉冉升起的暗黑世界；这个世界在地图上无迹可寻，却潜伏着无尽危机及未知，还有衣衫褴褛的男人嚼弹止渴。）"接下去该说说收入的问题了。"

威廉正说着。

将母亲的日后生活和收入问题搅在一起，这种事也只有威廉干得出来；因为对于威廉和拉维妮亚来说，节俭度日本身就是一份工作；没熟透的苹果从树上掉下来磕伤了，必须马上做成水果布丁，否则就是一种浪费。浪费是威廉和拉维妮亚生活中的头号大敌。报纸要卷成纸捻当火柴用。他们热衷于空手套白狼。只要想到灌木篱笆里还有一颗黑莓未装入瓶中，拉维妮亚就浑身不舒服。他们在戈德尔明有两英亩的土地，一到夜晚便开始痛并快乐着地计算家中的剩菜剩饭是否够喂养一头猪，十几只母鸡下的蛋是否可抵谷物饲料的花销。好吧，伊迪丝心想，他们一直这般精打细算，日子也应该过得充实；但现在要是让他们细想结婚以来所有花去的钱，他们定会非常痛苦。让我想想，伊迪丝思索着，威廉家中排行老四，今年应该六十四岁；结婚得有三十年了，在孩子读书和其他方面的支出，若是每年的花销得要一千五百英镑，那么这些年总共花了四万五千英镑；那可是一袋又一袋的财宝啊，潜水者们在托伯莫里竞相寻找的财宝估计也就这些吧。但这时赫伯特开始说话了。赫伯特总是消息灵通；他这么个蠢笨之人，消息倒是很少出错，也是奇怪。

"我可以一五一十都告诉你们。"他的两根手指伸进领口，整了整衣领，下巴猛地一抬，清了清嗓子，看了一眼身边众人，仿佛在做开讲预热。"我可以一五一十都告诉你们。我曾和父亲讨论过——可以这么说，他十分信任我。呃哼！父亲，你们知道的，其实并不是个有钱人，他一去世，大部分的收入也都没了，每年只有五百英镑净收入留给母亲。"

所有人都在消化这个事实。威廉和拉维妮亚互换了眼神，很明显他们又在心中快速且熟练地算计上了。家里人私下一直都觉得伊迪丝是个傻子，但她偶尔却精明得让人惊讶——她习惯透过人们说的话，看穿他们的动机，并毫无避讳地诉说自己的推理过程，这不免让人尴尬。她现在很确定接下来威廉要说什么，尽管这次她管住了自己的嘴。但听到威廉真这么说时，她不禁偷笑起来。

"父亲和你私下交流时没这么巧正好说到珠宝吧，有吗？赫伯特？"

"还真有，珠宝，你们知道的，在父亲所有值钱的财产中也算占了大头。那是父亲的私人财产，他觉得应将它们无条件全部留给母亲。"

这对赫伯特和梅布尔来说无异于一记耳光，伊迪丝心想。我料想他们本以为父亲会把珠宝留给他们，毕竟珠宝就像传家宝一样，一般是留给长子的。伊迪丝看了梅布尔一眼，然而发现她并没有太惊讶。很明显，赫伯特早就把父亲私下跟他说的跟老婆通过气了——梅布尔算是幸运的了，伊迪丝心想，好歹赫伯特没有因为未能成功继承财产而把气撒到老婆身上。

"如果是那样的话，"威廉斩钉截铁地说——尽管他和拉维妮亚两人一直期望能继承一部分珠宝，但想到赫伯特和梅布尔也未能如愿，他们竟然还有点高兴，"如果是那样的话，母亲肯定会想把所有珠宝变卖。而且也理应如此。她何必让一堆没用的珠宝躺在银行里呢？我估摸着这些珠宝能卖大约五千到七千英镑，如果处理得当的话。"

"但是比珠宝和收入的问题更重要的，"赫伯特继续道，"是母亲到底住哪儿的问题。我们不能丢下她一人。她是无论如何都住不起这个房子了。这个房子必须卖掉。那到时她能去哪里呢？"他又瞪了瞪眼。"很明显，照顾她是我们的责任，她必须跟我们住在一起。"这番话听上去像是事先想好的。

这群老家伙，伊迪丝心想，还想着安顿一个比他们更年迈的老人！但这也是没办法的事。母亲会把时间分成若干份：先在赫伯特、梅布尔家住三个月，再在卡丽、罗兰家住三个月，接下去再分别跟着查尔斯，以及威廉、拉维妮亚住三个月——那什么时候轮到伊迪丝她自己和凯呢？

她再一次跳脱自己的思绪，突然且不合时宜地来了一句："但我也应该来分担一些负担呀——我一直住在家里——也没结婚。"

"负担？"卡丽回过头看着伊迪丝，说道。伊迪丝瞬间没了气势。"负担？我亲爱的伊迪丝！谁说这是负担呀？母亲余生失去了唯一的生活意义，多半过得凄惨，我觉得在这几年里，尽力照顾好她应当是我们所有人的快乐和荣幸。负担这个词，我觉得，可真不合适，伊迪丝。"

伊迪丝唯唯诺诺地附和着：的确不合适，同样的话重复了几遍，没有了搭配词语的支撑，听上去就格外笨拙别扭，好比说"一干"不讲"二净"，说"装腔"不讲"作势"，说"翻天"不讲"覆地"，变得犹如撒克逊语般野蛮；"负担"这个说法实在不够客气。话说"分担负担"到底什么意思？而"负担"到底所指何意？对的，"负担"这个词真的不合适。"那么，"只听伊迪丝说，"我觉得我应该和母亲住一块儿。"

说罢，她看到凯一脸轻松；很明显，他刚刚定是在想他那温暖舒适的小屋和他的收藏。赫伯特的嗓音如同喇叭一般，声声冲击着他的耶利哥墙。其他人也在思量伊迪丝的提议是否可行。未嫁之女；很明显她就是那个解决方案。但霍兰德一家子从来都不是推脱责任之人，任务越艰巨烦人，他们越不可能逃避。他们鲜少考虑享乐，肩上的责任却从未间断，这些责任总是严肃且重大，有时甚至残酷。他们都遗传了父亲的充沛精力，一点小事也要斤斤计较，结果弄得众人不悦。卡丽为家人辩护起来。她是个好人，但和很多好人一样，她总让大伙吵得不可开交。

"伊迪丝所言定是有些道理的。她一直住在家里，给她带来的影响并不会太大。当然我知道她一直渴望独立，希望有个自己的家；亲爱的伊迪丝，"她带着一抹漫不经心的笑容说着，"但这很正常，我觉得，"她继续说道，"但凡父亲和母亲还需要她，她就不会丢下他们不管。但我觉得现在是我们该承担各自责任的时候了。我们不能利用伊迪丝的无私或是母亲的无私。我相信这也是你们，赫伯特，还有你威廉，想说的。不必物色新家了，我们几个轮流跟母亲生活，这样对母亲才是最好的。"

"的确如此。"赫伯特连连称许，再一次整理了衣领，"的确如此，的确如此。"

威廉和拉维妮亚又互换了眼神。

"当然，"威廉开口说道，"尽管我和拉维妮亚收入不高，但我们依然非常欢迎母亲过来住。与此同时，我觉得应该做出一些财务上的安排。这样母亲会住得更舒服，不至于感到尴尬。两英镑一周，或者三十五先令……"

"我完全同意威廉，"查尔斯出人意料地接话，"就我而言，上将的退休金简直少得荒唐，以至于家里若是再多一个客人，我都会觉得亏空不少。你们知道的，我一直住在小公寓里，生活节俭，也没有多余的房间。当然，我希望我的退休金问题有朝一日能够解决。我已写长信向陆军部提议，同时还寄了一封给《泰晤士报》，毫无疑问，他们会先将其搁置一段时间，以待合适时机，因为至今还未刊登。但我承认，就凭这届无能的政府，改革基本是无望了。"查尔斯鄙夷地哼哼了一声。他感觉自己说得太好了，因而四下环视，希望得到众人的认同。他这个陆军上将查尔斯·霍兰德爵士可不是白当的。

"这样会不会太棘手了……"新晋的斯莱恩夫人说道。

"安静点，梅布尔。"赫伯特呵斥道。他已经习惯了这么和妻子说话，梅布尔也几乎总是最多说四五个词便被打断。"这完全是我们的家事，好吗？无论如何，在父亲入土为安前，这个事情我们都不该过多讨论。真不明白怎么就说到了这个不合时宜的话题上来了呢。（这要怪威廉，伊迪丝心想。）当然，与此同时，母亲的事才是现在的头等大事。尽可能别让她伤心，不要忘了，毕竟她这一辈子完全为父亲而活，现在她的生活是彻底毁了。如果我们坐视不理，任由她孤单一人，那可是天大的过错。"

啊，就这样？伊迪丝心想：别人会怎么议论？他们已打算坐收别人的好评，顺便再从可怜的老母亲那儿捞点钱。争吧，吵吧，她心想——反正之前的家庭讨论她也不是没见识过；他们会为母亲的事争吵好几周，就像一群狗疯抢一根老骨头似的。只有凯会想要置身事外。威廉和拉维妮亚肯定是最糟的；他们会把母亲当成房客，然后在接受亲朋好友的赞扬之余还一脸趾高气扬。卡丽会摆出一副崇高的殉道者的样子。家里有人过世，这样的事也是难免的，伊迪丝心想。然而她发现自己的这股思潮下面还流淌着了另一股——关于她如今是否可以独立生活。她仿佛看到属于自己的小公寓；让人心生欢喜的起居室；一位用人；一把门锁钥匙；炉火旁与书相伴的夜晚。不用再帮父亲回复信件；不用再陪母亲去开放式医院病房；不用再帮家里记账；不用再带父亲去海德公园散步。她终于可以养一只金丝雀了。她怎会不希望赫伯特、卡丽、查尔斯和威廉轮流赡养母亲呢？尽管他们喋喋不休的争吵让她愕然，但在内心深处，她也承认自己并没有比家里其他人高尚到哪儿去。

伊迪丝害怕一个人留在这诡异的房子里，家里除了她，只剩下母亲还有死去的父亲。她不愿承认自己的恐惧，只是想方设法拖延时间，让其他人晚些离开。她渴望有人陪伴，哪怕是像卡丽、赫伯特这种她所厌恶的人，或是查尔斯、威廉这种为她不齿的人。她找尽理由，好让他们晚点离开，恐惧人去楼空、大门彻底关上的那一刻。即便是凯这样的人，待着也比走了好。但凯溜得比谁都快。伊迪丝匆忙跟着他来到了楼梯口；他转过头想看看谁在跟着他；这一转身，连同他那整洁的小白胡子还有挂着表链的小肚腩也一并转了过来。"你要走了，凯?"他有点生气，因为他仿佛从伊迪丝的语调中听出了一丝责备，尽管实际上他听到的只有恳求，他还是有些生气，因为此去赴约着实让他有些过意不去；难道他本不该留在埃尔姆帕克街吃晚饭吗？但他自我安慰，想着说如果留下来，定会给家里的用人添麻烦。所以当伊迪丝追着他跑时，他转过身来，露出了一副微愠而淡定的神情。"你要走了，凯?"

凯要走了。他得去吃点晚饭了。如果伊迪丝觉得有必要的话，他可以晚点再过来。他怯生生而又任性地加了这一句，或许是想竭尽全力避免不快。幸好伊迪丝也有些许怯懦，立马收回刚才尾随凯时所表现出的责备或恳求。"哦不是的，凯，当然不是；你何必再回来呢？我会照顾好母亲。你明早会再过来的吧?"

会的，凯说道，感觉如释重负；他明天一大早就会过来。他俩互亲脸颊，好些年都没这么干过了，但这便是死神带来的神奇效应：年迈的哥哥和妹妹互啄脸颊，由于太不习惯，彼此的鼻子都显得碍事。亲罢，他俩抬头看着通往父亲所在楼层的那个黑暗的楼梯井，凯突然一阵尴尬，匆忙跑下楼梯。直到跑到大街上才松了口气。五月的一个夜晚；一如往常的伦敦；出租车穿梭在国王大道；菲茨乔治正在俱乐部等着他。他可不能让菲茨等。他不打算坐公交了，就打车吧。

菲茨乔治是凯最年长，实际上也是唯一的朋友。他俩之间年龄相差二十岁有余，然而人一旦年至花甲，如此差异也倒不算什么了。这两位老绅士有很多共同爱好。他俩都是狂热的收藏爱好者，唯一的差别就体现在财富的多少上。菲茨乔治非常富有；是个百万富翁。而凯·霍兰德却是穷人——尽管有个曾任印度总督的父亲，霍兰德家的子女都算不上富有。菲茨乔治富到想买什么就能买什么，但他的怪僻之处就在于：他偏偏要像个穷鬼一般住在伯纳德大街一栋房子的楼顶两居室里，整日沉迷于各种艺术品，而且还非得是自己发现且低价购得的。对于寻珍探宝，他天生眼光独到，还特别擅长讨价还价——他曾在托特纳姆法院路上的大型家具店地下室里，意外地找到了雕刻家多纳泰罗的作品——他只花了一小笔钱就收集到了各种让大英博物馆和南肯辛顿博物馆都觊觎的藏品。（他自然是很得意，凯·霍兰德对此羡慕到炉火中烧，但又不得不佩服。）没有人知道他会如何处理自己的这些东西。他有可能会把它们全部馈赠给凯·霍兰德，也有可能把它们运到罗素广场，一把火烧掉。众人不知他是否后继有人，也不知他的祖先姓甚名谁。与此同时，他习惯把所有宝贝都近身存放；有幸能去他那两居室登门拜访的人寥寥无几，然而据这些人说，他收藏的明代画像都被卷起来塞在袜子里，达·芬奇的画作统统堆在浴室中，埃兰陶器也成套摆在椅子上。可想而知，他家的访客都只能站着了，因为根本没有空椅子可坐；为了招呼客人，菲茨乔治先生需要先把玉碗收起来，然后亲自在煤气炉上烧一壶水，最后好不情愿地给客人泡上一壶廉价的茶水。有幸再次受邀的只有那些婉拒过茶水的访客。

几乎所有人都和他面熟。当他戴着方形礼帽，穿着老式双排扣长礼服走进佳士得拍卖行的时候，人们纷纷说："老菲茨来了。"无论寒冬还是酷暑，他的装束从未改变；方形礼帽，双排扣长礼服，通常还夹个包裹在腋下。包裹里装的东西无从辨认；有可能是德累斯顿茶杯，也有可能是菲茨乔治先生晚饭要吃的熏鱼。作为真正的怪人，他在伦敦城深得人心，伦敦人都可喜欢他了，但没有人敢当他面叫他"菲茨"，即便是凯·霍兰德也不敢，尽管他们平时见他经过，会不假思索道："老菲茨来了。"据说一生中最令他快乐的事是克兰里卡德勋爵去世；当日老菲茨走在圣詹姆斯大街上，纽扣孔里别着一朵鲜花，其他所有坐在俱乐部窗前的绅士都深知其中缘由。

　　尽管菲茨乔治先生和凯做了三十多年的朋友，但他俩算不上亲密。人们常常看到他们在布铎斯俱乐部或是茅草屋俱乐部共进晚餐，他俩各自买单，喝着大麦茶，像爱人互诉衷肠般乐此不疲地讨论着藏品的价格和品类，但除此以外，他们对彼此一无所知。当然，菲茨乔治先生知道凯是老斯莱恩之子，但关于菲茨乔治的出身，凯知道的并不比旁人多。人们甚至推断，可能连菲茨乔治先生自己都不知道，毕竟他的名字前缀实在让人觉得蹊跷可疑。凯当然从来没有问过他；他甚至从未旁敲侧击地表达过对此的好奇。他俩属于君子之交。这解释了为何菲茨乔治先生在等待凯的时候心绪不宁，他不安地意识到霍兰德家中亲人故去，他理应表达哀悼，但想到会因此打破他和凯一贯的默契，又犹豫退却了。他有点生凯的气；不守在父亲身旁已是轻率之举；之后还不取消约会，更是冒失不妥；然而菲茨乔治先生也十分清楚，取消约会在他看来更是不可饶恕的过失。他看着凯走来，生气地用手敲击布铎斯俱乐部的玻璃窗。他觉得当下必须马上说些什么，赶紧说完了事。想必凯也本不想迟到？三十年来，各类聚会他从不迟到，从不爽约。菲茨乔治先生从口袋里掏出一块标价五先令的硕大的银色怀表，看了看时间。八点十七分。他和圣詹姆斯宫的钟对了下时间。凯迟到了；整整晚了两分钟——但他人已经到了，正从出租车上下来。

"晚上好。"凯走进来说道。

"晚上好，"菲茨乔治先生说，"你迟到了。"

"天啊，还真是，"凯说，"我们这就去吃晚饭吧，好吗？"

晚餐期间，他们讨论起一对塞夫勒碗来，据菲茨乔治先生说，这对碗是他早前在富勒姆路淘到的。凯也见过这对碗，但他觉得它们是赝品。这点分歧本会像以往那般让这两位老绅士兴致勃勃地讨论上半天。但今晚，菲茨乔治先生有些扫兴；他一直言不由衷，话到嘴边又咽下，时间一分一秒过去，他愈发开不了口，气氛也愈发尴尬。他对凯越来越不满。这是他们一起吃过的第一顿失败的晚餐，失望的菲茨乔治先生越想越觉得所有友谊皆是过错；他又生气又懊恼，当初就不该跟凯走那么近；就应该像跟其他人那样保持距离，这才是明智之举；非要特立独行、搞特殊化，便是大错特错。他和凯面对面坐着，一脸不悦，喝了一口大麦茶，小心翼翼地擦了擦他那整洁的白胡子，对心头涌起的那份敌意全然不知。

"咖啡?"菲茨乔治先生问道。

"好的——对，就咖啡吧。"

可怜的老家伙，他看上去累极了，菲茨乔治先生突然心想；凯不如以往那般整洁体面了，还有点萎靡不振；菲茨乔治一直想说些什么。"来杯白兰地吧?"他问道。

凯抬起头，一脸诧异。他们从来不喝白兰地。

"不用了，谢谢。"

"要的。服务员，请给霍兰德先生一杯白兰地。记在我账上。"

"我真的……"凯开口说道。

"别说啦。服务员，来一杯最好的白兰地——一八四〇年的。霍兰德，毕竟你还是婴儿的时候，我就见过你。那个时候，一八四〇年的白兰地也才三十个年头左右。所以别大惊小怪，跟我见外。"

一听老菲茨说在他还是个婴儿的时候就见过自己，凯着实一惊，也没再推辞。他的思绪快速穿越时空，飞回到过去。时间：一八七四年，地点：印度。所以一八七四年的时候，老菲茨应该是在印度。"你从来没跟我提起当时你在加尔各答，"凯说着，避开范戴克式小胡子，抿了一口白兰地。"我没说过吗？"老菲茨云淡风轻地说道，好像这事完全无关紧要，"是的，我当时的确在印度。我当年的监护人不同意我读大学，所以就送我去周游世界了。（这太让人意外了！所以年轻时候的老菲茨还受控于监护人？）那时你父母对我挺好的，"菲茨乔治先生继续说道，"当然了，你的总督父亲一直很忙，少有闲暇；但我记得你的母亲总是非常亲切，非常迷人。她当时很年轻，正值芳华，也很可爱。在我的记忆中，她是当年我在印度时最美丽的回忆。可是，说到那对碗，霍兰德你的判断自始至终都不对。你对瓷器一窍不通。之前就不懂，以后也不会懂。以你这点品位，实在太难为你了。你就鼓弄好你的垃圾星盘就行了。你也就只适合这些个玩意儿。哪来的自信把自己当成瓷器行家？开玩笑！还和我唱反调，这方面我忘掉的知识都比你统共知道的多得多。"

凯早已习惯这样的谩骂数落，他喜欢被老菲茨欺负，甚至还高兴得微微发抖。他坐着听老菲茨贬损自己，说他根本算不上什么鉴赏家，还不如去集邮，也许会更有成就。他知道这些都只是菲茨嘴上说说的，并非他的真心话。菲茨就喜欢像一只正在啄食或求偶的老鸽子，不停地挑衅他、刺激他，而凯歪着头，努力躲避着菲茨的语言打击。他时不时笑笑，微微躬身，低头看着桌布，手指不停拨弄着刀叉。他俩就这么神奇地和好如初了，菲茨乔治先生因此兴致大好，还说为了不让自己扫兴，他现在也要来一杯白兰地。他全然忘记了刚才一直想说却没说出口的话，或者他以为自己忘了，然而那件事却一直在他的脑海中未曾消失。他俩一起走出俱乐部，站在台阶上准备互相道别，凯戴上他那麂皮手套——菲茨乔治先生这一辈子都没有买过一双手套，但凯·霍兰德却是一双奶油黄手套从不离手——就在这时，菲茨乔治突然低沉地说道："霍兰德，听说你父亲去世，我很难过。"此话一出，他自己都被吓了一跳。

就这样，他终于说出口了，圣詹姆斯大街并未将他的声音吞没。他就这么说了，怪轻松的，真的。但接下去，究竟是什么让他提出了让人匪夷所思且大可不必的提议呢？——"或许哪天你可以带我去见见你的母亲斯莱恩夫人。"他怎么就鬼使神差地说了这些？凯大吃一惊，倒也不足为怪。"哦，好啊，那是当然——如果你愿意的话。"他匆忙地说着，"好了，那就晚安吧——晚安。"说罢便急忙离开了，留下老菲茨独自站在那儿，望着凯远去的背影；菲茨心里七上八下，不知这样一来，他是不是再也见不到凯·霍兰德了。

这个房子真是奇怪——伊迪丝又开始浮想联翩了——屋里屋外全然两幅光景。屋外，灯光刺眼、人声鼎沸、众目睽睽，只见招贴比比皆是，记者依旧在栏杆外徘徊踱步，有关西敏寺的讲话和上下议院的演讲不绝于耳。屋内，一片静谧沉默，好似一场密谋正在上演；仆人们窃窃私语，大伙悄无声息地上下楼梯；只要斯莱恩夫人一进屋，屋内人就停止交谈，肃然起身，有人会立马走上前去，小心扶她坐下。他们待她就好似她出了事故或是暂时失智一般。但是伊迪丝心里清楚，她的母亲并不想让别人搀扶她坐到椅子上，也不想被别人恭敬无声地亲吻，更不想被问及是否宁可在自己房内用餐。唯一待她如往常的人就是她的法国女仆热努，热努也年事颇高，几乎和斯莱恩夫人一般大，从斯莱恩夫人嫁人那会儿起就一直服侍她。热努还是和往常一样吵吵闹闹地在屋内忙前忙后，自言自语地咕哝着自己接下去要干的活儿，话语间英语、法语神奇地混在一起；她为了找自己的主人，不管谁在客厅，都会唐突地冲进去，然后一惊一乍地问："对不起，夫人，有必要把老爷的衬衫送去清洗吗？"[1]着实吓了大伙儿一跳。大家齐刷刷地看着斯莱恩夫人，担心她会像一只受到重击

---

1 此处原文为法文（中间夹杂少量英文），为示区别，以仿宋字体标出。下文中，凡是法语对话，均以仿宋字体标出。——编者注

的花瓶，顷刻崩溃，心碎一地，但是她用往常平和的语气回答道，是的，大人的衬衫必须送去清洗，然后转头对赫伯特说："我不清楚你想要我如何处理你父亲的遗物，赫伯特，若是把它们全都给管家，确实有点可惜，再说也不合身啊。"

伊迪丝心想，家里只有母亲和热努不愿迎合这屋里奇怪的氛围。她可以从赫伯特、卡丽、查尔斯和威廉的眼中看出他们对此举并不赞同，但自然也不便公然反对。所以他们只能隐晦地坚称凡事一律按他们的老规矩办：母亲的人生破碎了，但她的情绪一直很稳定，在她独自默默承受一切的时候，我们定要好好庇护她，其他必须安排的事务乃至与外界联络的任务应当都由她能干的子女们来承担。伊迪丝，可怜的家伙，派不上什么用场。所有人都知道伊迪丝总是不合时宜地瞎说话，而理应由她置办的事情，她总推脱说自己"太忙"而迟迟不办；凯也一样没用，但大家基本也没把他当成家里的一分子。赫伯特、卡丽、威廉和查尔斯则如同一堵墙似的横在了母亲和外界之间。但这堵墙时不时也会透露出一些风声：国王和王后致电，致以最诚挚的悼念——关于这个消息，人们也没指望赫伯特会保密；斯莱恩勋爵的故乡哈德斯菲尔德想要承办一场追悼会，希望得到勋爵家人的首肯；格洛斯特公爵将代表国王出席葬礼；皇家刺绣学院的织女们夜以继日地赶制了一顶棺罩，届时首相大人和反对党领袖将各执棺罩一角；法国政府派来了代表；据说布拉班特公爵将代表比利时参加葬礼。一直以来，赫伯特都小心谨慎地将这些消息一点一点地告诉母亲，同时也试探着母亲应对这些消息的态度。而她对此漠不关心。"他们都有心了，那是一定的。"她说。有一回，她甚至对赫伯特说："我自然很高兴，亲爱的，如果你满意的话。"真是让赫伯特既高兴又气恼。他作为一家之首，某种意义上，任何对他父亲的哀悼实则是对他的致敬。然而母亲此刻理所应当是所有人关注的焦点；父亲死后至下葬前的三四天，一切皆围绕母亲。赫伯特自恃识大体，反正日后树立自己斯莱恩勋爵的形象还有大把时间。毕竟后人必须仰息前人——那可是自然法则；然而只要父亲的遗体一日不离开此屋，他的母亲便享有至高的权威。可母亲的冷漠实则是在"让位"，但这实在大可不必，也操之过急、不成体统。在赫伯特看来，父亲过世后的三四天里，她理应打起十万分精神缅怀亡夫，任何弃权行为都是不合时宜的。但伊迪丝脑中的小精灵告诉她：或许是父亲生前让母亲太过身心疲惫，以至于他死后，母亲不愿再费心追忆他了？

　　当然，这个宅子煞是诡异，这种奇怪的氛围之前没有过，以后也很难有。毕竟父亲不能死去两回。他的过世造就了如今这一局面，这是连他自己也未曾料到的；其他人除非目睹一切成为现实，否则也永远无法预见。没人会料到，往日如此举足轻重、至高无上的父亲，一朝驾鹤西去，竟让母亲成了家里最重要的人物。然而，她的如此地位也只能维持三四天；但在这短暂的三四天里，她的至高地位是无人可以撼动的。所有人必须听令于她。她可以一人做主，决定西敏寺的大门是打开还是关上；整个国家不得不等着她拿主意，主教和全体教士必须对她言听计从。遇到任何事情，都要异常委婉、异常谨慎地咨询她的意见，确认她的想法。之前如此没有存在感的她，突然间竟变得如此重要，实在令人愕然。这就像在做游戏。伊迪丝想起了往昔，那时，父亲偶尔心情不错，茶余会去客厅找母亲，孩子们围坐在母亲身边，听她讲着其中一本书中的故事；这时父亲会"啪"的一声合上书本，宣布现在他们一起来玩一个叫"跟我做"的游戏，整个屋子都是他们的游戏场地，但母亲必须是那个"领头人"。于是游戏开始啦，他们欢欣雀跃地穿过寂静的档案室，然后跑到舞会厅，脚踩镶木地板，头顶是裹着洁白亚麻细布的枝形吊灯，他们一路做着各种滑稽动作——因为母亲总有着无穷无尽的奇思妙想——而父亲排在最后，但他总是扮小丑出洋相，学什么都不伦不类，这时孩子们会开心地尖叫，假装教他如何纠正，而母亲会转过头，佯装严肃地说："不会吧，亨利！"凯这时则揪着她的裙子不放。许多大使馆和总督府都在夜晚回荡过他们的欢笑声。但有一回，伊迪丝记得，母亲（当时还很年轻）翻乱了档案室里一份文件的几页材料，正当孩子们跑来调皮捣乱，把材料越弄越乱之时，父亲突然阴下脸来，用成年人的方式表达了不悦。他和母亲的欢愉心情顿时衰败，好似花瓣片片凋落的玫瑰。于是众人一言不发，备受责备似的回到了客厅，那情景仿佛主神朱庇特在奥林匹斯山上俯身观望，发现一介凡人在他佯装离开之际，竟将他看重的东西当儿戏。

但眼下母亲又可以像往昔那样玩"跟我做"了。这三四天里，她可以尽情扮演领头羊的角色，领导着整个大英帝国乃至欧洲的达官贵人，只要她一时兴起，众人便会一路奔至戈尔德斯格林或是哈德斯菲尔德，而她也可以任性地将万众期待的西敏寺或布朗普顿公墓置之一旁，视若无睹。但伊迪丝脑中的小精灵最终还是失望了——母亲断然拒绝扮演领头羊的角色。她全盘接受赫伯特所有的提议。赫伯特七岁玩"跟我做"那会儿，就会给母亲出主意，说："咱们快点儿穿过厨房吧。"而如今，母亲八十八岁，赫伯特六十八岁，母亲对赫伯特的默许让伊迪丝惊愕之余颇为不满。赫伯特对母亲此举也颇为震惊，尽管他是父亲如假包换的亲生子，但面对女性的依赖顺从，他依旧受宠若惊。在这短短的三四天里，赫伯特要求母亲坚持主见——毕竟玩游戏就该守规则。但与此同时，一旦任何决定与他意见相左，他便又愤愤不平，矛盾的男权主义又开始作祟。

眼看着自己的想法被一一采纳，于是乎，赫伯特变得越发温和，他还试着说服自己，告诉自己这些想法原本就是母亲的，并非来源于他。他走出母亲的房间，下楼来到再次——在伊迪丝看来，则是多次——聚在客厅的弟弟妹妹身边。母亲选了西敏寺；那就必须是西敏寺了。毕竟母亲的选择一定正确、毋庸置疑。英格兰最伟大的子民都葬在寺里。换他选，他说他可能更趋向于哈德斯菲尔德的教区教堂，伊迪丝精明地盘算着，觉得赫伯特并不坦诚，而赫伯特觉得，他的选择也代表了众人的选择；但他们必须考虑母亲的心愿，同时也得屈服于西敏寺的赫赫声名。毕竟这是一种荣耀——天大的荣耀——父亲这一生无上的荣耀。卡丽、威廉和查尔斯想到这些，不禁默不作声，严肃地低下头去。伊迪丝反倒觉得，父亲若是泉下有知，看到自己最终葬于西敏寺，会有多窃喜、多满足，尽管表面上他依然会对此嗤之以鼻。

由皇家刺绣学院的织女们定制的棺罩无疑是相当之奢华。紫色天鹅绒布上压印着纹章。首相神情庄重而严肃，尽职地执起棺罩一角，他全情投入，众人见之，无不脱口而出："这人应该是英国首相，至少也是内阁成员或大臣。"反对党领袖和首相两人保持一致步调；这一个小时里，他们摒弃了分歧，这的确也是游戏的一部分，毕竟二人肩负着共同的职责，接受过几乎相同的教导，尽管他们各自的拥护者反对他俩论调一致。两位年轻的王子匆忙却不失恭敬地进来就座，他们百思不解，为何命运要将他们和其他年轻人区分对待，为何他们要被迫去为公路干线剪彩，去参加政要的葬礼以示尊重。或者更有可能，他们只把这些当成日常工作的一部分。

但此时，伊迪丝却迷惑了，现实到底在哪里？

葬礼之后，埃尔姆帕克街的一切发生了微妙的改变。大伙依旧顾及斯莱恩夫人的感受，但赫伯特和卡丽渐渐地有了一丝不耐烦，显出一副独掌大权的模样，而且坚持要这样。赫伯特毫无疑问成了一家之主，而卡丽则成了他的得力助手。他俩已然准备好对母亲软硬兼施了。母亲依然可以让人扶着入座，坐好后，大家依然可以轻拍她的肩膀以示对她的关爱和保护，但她必须明白地球依然在照常运转，一堆事正等着处理，对死亡的短暂妥协不能无休止地继续下去。斯莱恩夫人宛如斯莱恩勋爵桌上的文件，必须尽快得到妥善安排；只有这样，赫伯特和卡丽才可以重操旧业。能用言语表达的都已经表达得再清楚不过了。

斯莱恩夫人安静地坐着，看着自己的子女们，神情异常优雅高贵，而她的年迈和羸弱也一览无遗。她的子女们早已习惯了这样的她，对她的容貌也习以为常，但陌生人却绝不相信她已年逾七旬。她是一位美丽的老太太。高挑瘦长，肤色白皙，举止优雅，从不失态。穿在她身上的衣服不再是简单的衣服，而是雅致的装饰；她深谙美丽线条的秘诀，四肢线条纤细而流畅；她的双眼是灰色的，深深嵌在眼窝里，鼻子短而挺拔；一双玉手柔美而宁静，宛如范戴克笔下的画作；雪白发丝上垂下一层黑色的蕾丝面纱，与她非常相称。多年来她穿过的礼服款式不一，但都质地柔软，清一色的黑色。看到她，人们开始相信一个女人可以如此美丽优雅，却不费吹灰之力，就好比天才的作品总让人觉得是其信手拈来之作。更难以置信的是斯莱恩夫人早已学着将各种社会活动"塞进"自己的生活：职责、慈善、孩子、社会责任和公开亮相令她的生活显得格外充实；一旦她的名字被提到，人们会立马熟络地说："她可真是丈夫事业上的得力助手啊！"是啊，伊迪丝心想，母亲的确可爱；就如赫伯特所说，母亲非常了不起。而这时赫伯特又在清嗓子了，这回他又要说什么？

"亲爱的母亲……"赫伯特有点孩子气但却很习惯地说道，然后把手指伸进衣领里。母亲曾有一回和他一起席地而坐，教他如何转陀螺。

"亲爱的母亲，我们一直在商量……我的意思是，我们很担心您今后的生活。我们明白您将一生都奉献给了父亲，他的离去定在您心中留下了巨大的空白。我们一直想知道——这也是我们在各自回家前，把您叫到客厅这儿来和我们一聚的原因——我们想知道您今后打算住在哪里，如何生活？"

"但你已经替我决定了啊，不是吗，赫伯特？"斯莱恩夫人和蔼可亲地说道。

赫伯特再次将手指伸入衣领，一边张望，一边整理着衣领，伊迪丝都担心他会把自己勒到窒息。

"什么！替您决定，亲爱的母亲大人！'决定'这个词可不对。我们之前的确是草拟了一个小小的计划，但还要看您是否同意。考虑到您的喜好，我们觉得您应该不太想舍弃那么多的兴趣爱好和社会工作。与此同时……"

"等一会儿，赫伯特，"斯莱恩夫人说，"你说的兴趣爱好和社会工作指什么？"

"毫无疑问，亲爱的母亲，"卡丽用责备的语气说道，"赫伯特指的就是您那些个委员会，巴特西贫困妇女救济会，弃儿收容站，不幸女性组织……"

"哦对，"斯莱恩夫人说，"我的兴趣爱好和社会工作。的确也是。你继续讲，赫伯特。"

"所有这些，"卡丽说，"若是没了您，一定都会垮掉。我们是这么觉得的，它们中有许多是您一手创办的。而其他的一些，您也都是主心骨，现如今您也肯定不愿就这样放弃它们。"

"再说了，亲爱的斯莱恩夫人，"拉维妮亚说——她向来拘谨，一直不习惯以其他的方式称呼自己的婆婆——"我们觉得您要是无事可忙，一定觉得生活无趣。您一向如此精力充沛，我们无法想象有比伦敦更适合您生活的地方。"

斯莱恩夫人依然沉默不语。她挨个看了一圈自己的子女们，如此温柔的她，脸上竟也有让人惊讶的嘲讽神情。

"而且，"赫伯特继续之前的话题，方才被打断的他这回表现得算是很有耐心了，但终究有些不高兴，"您当然有权在这儿继续住下去，但您的收入基本无法负担房子的开销。所以我们提议……"他随即罗列了早前说过的计划，这里便不再浪费时间，再次赘述了。

而斯莱恩夫人一直听着。她这一生几乎都在倾听他人，从不做任何评论，现在她听着大儿子滔滔不绝，依然一语不发，赫伯特也未曾在意母亲的沉默。他深知母亲这辈子早已习惯一切来往、去留皆听他人安排，无论是被通知登上开往开普敦、庞贝或悉尼的蒸汽船，还是让她把衣物和育儿用品全都运至唐宁街，或是陪同丈夫周末前往温莎。如此种种，她都听从指挥，高效迅速，不惹半点麻烦。无论何时，她总能穿戴得体地出现在码头或是站台，站在一堆行李旁等候他人前来接她。赫伯特确信母亲定会按计划，分配自己的时间，轮番住进子女家中的空余房间。

赫伯特说完后，母亲开口了："你考虑得真周到，赫伯特。那明天就麻烦你把这个房子交给经纪人处理吧。"

"太好了！"赫伯特说，"您能同意我太高兴了。但您也不必着急。势必得花些时日，才能把这房子卖出去。只要您方便，梅布尔和我随时欢迎您过来。"他弯下腰，拍了拍母亲的手。

"哦，等等，"斯莱恩夫人说道，又顺势扬起那只手来。这是她做的第一个手势。"你太操之过急了，赫伯特。我不同意。"

众人惊慌失措地看着她。

"您不同意，母亲?"

"是的，"斯莱恩夫人笑着说，"我不打算和你住，赫伯特；也不打算和你住，卡丽；还有你，威廉；还有你，查尔斯，尽管你们都有心了，但我打算独自生活。"

"一个人，母亲? 这不可能——再说您住哪里呢?"

"汉普斯特德。"斯莱恩夫人回答道，她静静地点了点头，仿佛在回应内心的声音。

"汉普斯特德? 但您真的能找到适合您的房子吗? 要既方便又不能太贵——说真的，"卡丽说，"我们在这里一起讨论母亲的住所问题就好似一切已经尘埃落定。太荒谬了。我也不知道我们这是怎么了。"

"那里有一所房子，"斯莱恩夫人说着，再一次点了下头，"我已经看过了。"

"但是母亲，你从未去过汉普斯特德啊。"这太难以忍受了。至少在过去的十五年里，卡丽对母亲每一天的行踪都了如指掌，母亲竟在她不知情的情况下私自去过汉普斯特德，对此卡丽内心是抗拒的。这一寻求独立的迹象无异于一份宣言，让卡丽怒不可遏。斯莱恩夫人和她的大女儿之前一直走得很近，十分亲密；她俩会互相商量着制订每天的计划；热努每天一早便会拿着她俩给的小纸条忙里忙外；她们也会通电话，一聊就聊上老半天；有时卡丽会在早饭后前往埃尔姆帕克街，她身材高挑、犀利务实、高傲自大，将手套、帽子、围巾一一穿戴整齐，包里塞着当日的购物清单，手中拿着下午委员会会议的议程表，准备好开始一天的工作，然后这两位年长的女士会一起讨论当日事务，斯莱恩夫人还会一边做着编织活儿；大约十一点半左右，两人会一起出门，这两个身着黑衣的高挑女人，附近的老太太无人不识；即便某次她俩办事时并不同路，卡丽也至少会事后到埃尔姆帕克街喝口茶，了解母亲当天的活动。所以斯莱恩夫人绝对不可能瞒着她私自前往汉普斯特德。

"三十年前，"斯莱恩夫人说，"我当时见过那所房子。"她从针线筐里掏出一绞毛线，撑开后递给凯。"凯，帮我拿着。"她小心地解开第一个结后就开始绕毛线。她显得异常平静。"我确定那所房子还在那儿。"她边说边认真地绕着毛线，凯站在她跟前，这些年他已习惯成自然，双手有节奏地上下摆动，这样毛线就可从他指间顺利滑出而不会卡住。"我确定那所房子还在那儿。"母亲说着，语气中夹杂着一丝幻想，一丝自信，好似她与这房子心存默契，而这房子三十年来一直在默默地、耐心地等候着她。"那是所挺便利的小房子，"她平淡地补充道，"不是太大，也不是太小——我觉得热努一人就可以打理，或许平时雇个日工帮忙干点杂活就行——房子那儿有个不错的院子，墙边有几株朝南生长的桃子树。我当时去看的时候，那房子正在招租，当然你父亲是不会喜欢的。我还记得那个经纪人的名字。"

"那经纪人叫什么名字？"卡丽突然厉声问道。

"他的名字有点逗，"斯莱恩夫人说，"所以我才会记得。那人叫巴克劳特[1]，杰维斯·巴克劳特，名字和那房子很是般配。"

"哦，"梅布尔拍着手说，"听上去好美味——又是桃子，又是雄鳟鱼……"

"安静些，梅布尔，"赫伯特说，"当然啦，亲爱的母亲，若您心意已决，嗯，执意要如此标新立异，那么我们也不多说什么了。毕竟您的事全权由您自己做主。但外人看着会不会觉得有些古怪？您有那么多孝顺的子女，却偏要只身一人跑去汉普斯特德度过晚年。当然我这么说完全没有要强迫您的意思。"

"我可不这么想，赫伯特。"斯莱恩夫人说。这时她的毛线已绕完，便对凯说："谢谢你，凯。"说罢在长长的织

---

1 英文原意：雄鳟鱼。另，烤鳟鱼配桃子是一道菜肴。

针上打了个结，开始织起毛线来。"很多老太太都在汉普斯特德养老。再说，我这么多年来都太过在意他人的眼光，也是时候给自己放个假了。如果一个人到老了都不能取悦自己，那得等到什么时候取悦自己？留下的时日已经不多了！"

"那好吧，"卡丽明知很难挽回，但依然苦口婆心道，"至少我们要确保您不会孤单寂寞。我们这么多人，到时每天安排过去一人陪您也是轻而易举之事。只不过汉普斯特德离这里路途遥远，安排车旅倒是需要费点心思，"她点着头，意味深长地看着自己那畏缩成一团的小丈夫，"再说，咱家还有重孙辈呢，"她眼前一亮道，"您一定希望他们能时不时过去看看您，陪陪您；我觉得少了他们，您肯定不开心。"

"恰恰相反，"斯莱恩夫人说，"这是我已打定主意的另一件事。是这样的，卡丽，我已经打算彻底任性一把，享受晚年的每分每秒。所以我不需要孙辈来看我。他们太年轻，都还没过四十五岁。我更不需要重孙辈来看我，那会更糟。我可不要一群精力充沛的年轻人相陪，他们总是不易满足，见异思迁，凡事都要追根究底。他们也别把自己的孩子带来见我，因为那只会让我想起这些可怜人需要多卖力才能安然到老。我宁可忘记他们。我希望伴我身旁的人离死比离生更近。"

赫伯特、卡丽、查尔斯和威廉都觉得他们的母亲一定是疯了。他们以前一直认为母亲头脑简单，这回算是更进一步：断定她年纪太大，已经老糊涂了。但母亲这一糊涂，倒是让他们轻松方便了不少。威廉可能在为没能拿到补贴耿耿于怀，卡丽和赫伯特可能依然忌惮世人的眼光，但总而言之，看到母亲自己解决了问题，他们都松了一口气。凯迷惑地盯着母亲，他之前从未在意过她；他们所有人都未曾在意过她，也未曾在意过她的温柔，她的无私，她的公益活动。而现在凯生平第一次意识到，无论认识多久的亲近之人，都可能藏着不为人知的一面。只有伊迪丝一人窃喜万分。她觉得母亲没有疯，反而异常清醒。母亲平静地拒绝接受卡丽和赫伯特的一番安排，而他们二人竟也无力抗争，这在伊迪丝看来，实在大快人心。她轻轻拍着手，轻声细语为母亲鼓劲："加油，妈妈，加油！"残存的一丝谨慎终究没让她把话大声说出口。她欣喜地发现，母亲头一回表现得如此能言善语——不愧是这个意外连连的大早上最大的惊喜，毕竟斯莱恩夫人向来言语矜持，不爱坦露个人意见，甚至在她埋头编织或是刺绣之时，她把面部表情都隐藏了起来，她偶尔说的那句"你说什么，亲爱的？"几乎无法让人猜到她心里在想什么。直到此刻，伊迪丝才意识到，那么多年来，尽管母亲表面温柔亲切、谨言慎行，但她却可能有着不为人知的隐秘生活。她观察到了什么？留意到了什么？非难过何人？又隐藏了什么？她又开口说话了，一边还在针线筐里不停翻找。

"我把珠宝从银行里取出来了，赫伯特。你和梅布尔拿去吧。我几年前就想给梅布尔了，但当时你父亲不同意。不过这里只是其中的一部分。"她一边说着，一边把包翻过来，将里面的物件抖落到膝盖上，这些物件乱七八糟，都是些皮盒子、薄纸片、几块裸石，还有几绞羊毛线。随即她便用纤细的手指将它们一一拾起。"帮我摇铃叫下热努，伊迪丝，"她边说边抬眼一瞥，"我对珠宝从来都不感兴趣，你们知道的，"与其说在和其他所有人讲话，她更像在自言自语，"那么多珠宝到头来都为我所有，感觉怪可惜的，甚至特别浪费。你们的父亲以前常说，要是出席重大场合，我务必得精心打扮一番。我们以前在印度的时候，他会在拍卖会上买回不少东西。他常头头是道地说，那些王侯看到我佩戴他们送的礼物定会开心满意，尽管他们心知肚明，那些珠宝实则由我们自掏腰包购得。我敢说他是对的，但我还是觉得这事荒谬可笑——如同闹剧一般。我之前有块黄宝石，个头不小，颜色接近褐色，未曾镶嵌，有几十个切面；不知道你们这些孩子是否记得？

以前我还让你们拿着它看过火苗。透过它，大火苗变成了成百上千束小火苗，有些朝上，有些朝下。以前你们喝完茶从楼上下来，我们就围坐在炉火前，透过它观察炉火，好似尼禄大帝看着熊熊燃烧的罗马城。只不过那火焰是棕黄色的，而非绿色。你们应该想不起来了。那是六十年前的事了。不用说，那黄宝石给我弄丢了；人们总是丢失自己最珍视的东西。其他的东西我一样都没丢；或许也是因为热努一直替我保管着——她以前总能琢磨出最不寻常的藏宝之所——她从不相信什么保险箱，所以以前她还常常将我的钻石丢进冷水壶里——她说，没有盗贼会想到那个地方。我常想，若是哪日热努突然去世了，我自己肯定是不知去哪里寻找那些个珠宝了——但那块黄宝石，我以前可是一直贴身放在口袋里的。"这时热努进来了，打断了斯莱恩夫人那如梦似幻的回忆，她行如枯叶间的游蛇，窸窸窣窣，动如马背上的马鞍，嘎吱作响，五月底前，她不会脱下那几层用来加固紧身胸衣的牛皮纸内衬，还有那用来对抗英国多变气候的连衫裤。"夫人，您摇铃了吗？"

　　的确，伊迪丝心想，这里除了母亲，没人会叫热努；也只有母亲会摇铃；尽管我们人都在这儿，只有母亲可以发号施令；赫伯特四下张望，卡丽愤愤地挺直腰板，查尔斯扭着他的胡子，像在削铅笔——话说回来，谁会在意查尔斯呢？连陆军部都对他不闻不问，这点他心里清楚得很。他们几人都明白：没人在意他们，所以他们说起话来声音格外大；母亲以前从不说话——今天却一反常态；这时热努跑进来，那架势好似房间里除了母亲以外，旁人都没资格差使她。谁最值得尊重，热努心中很有分寸。她全然不顾身边的人在慌张仓促地说些什么。"夫人，您摇铃了吗？"

"热努，你那儿收着一些宝贝吧？"

"是的，夫人，有一些，都收着，夫人您这是要用吗？"

"请拿给我吧，热努。"斯莱恩夫人坚定地说着，热努则环视了一圈这家子人：赫伯特、卡丽、查尔斯、威廉、拉维妮亚，还有不招人待见却也心眼不坏的梅布尔，仿佛他们就是热努要防的那群窃贼，为了防他们，她不惜每晚将钻石丢入冷水壶。过去在印度和南非的时候，热努时常幻想走廊上一群窃贼鬼鬼祟祟、蹑手蹑脚，一心觊觎着总督府里的珠宝——"这些可恶的黑鬼"——但如今近在眼前的这群英国"窃贼"，又名正言顺对她日夜守护的珠宝虎视眈眈起来。夫人如此温柔贤惠、不拘小节、超然世外，定是不能指望她能好好照顾自己和她那些财物。而热努天生就是再忠诚不过的守护者。"夫人您忘了吗，这些戒指是可怜的老爷专门送给夫人的呀！"

斯莱恩夫人低头看着自己的双手，俗话说的"戒指成堆"放在此处也毫不夸张。大多俗话或是套话常常言之无物，但它们曾经的确恰如其分地描述了人们的经验感受，同样的，这句"戒指成堆"意为：珠宝戒指太多太重，佩戴它们的双手已不堪重负。而斯莱恩夫人的确双手戴满戒指，这当然是斯莱恩勋爵宠爱她的象征，但更多是因为她唯有如此装点，才配得上她斯莱恩勋爵夫人的身份。镶满钻石的半环形大戒箍自然优雅地环绕在她的手指上。（据斯莱恩勋爵观察，夫人的双手一直柔软如鸽。在某种意义上的确如此，这双手一旦被人紧握，便化为无物；但也不尽然，在外人眼中，这双纤纤玉手颇有个性，如同雕像一般。然而斯莱恩勋爵或许更在意她柔弱的一面，却忽视了那些微妙的、不易察觉的蛛丝马迹。）于是斯莱恩夫人低头看着自己的双手，好似热努一席话让她头一回注意起它们来。因为双手虽是身体的一部分，人们猛然瞥见它时，却总是对它们投去最漠然的目光：突然间，它们显得如此遥远；人们常观察手上那些美妙的关节，以及它们在消息传来的瞬间所作出的神奇反应，好似那双手长在他身、并非己有，或者只是机器的一个零件而已。人们会带着评判的目光，饶有兴趣地观察指间椭圆形的指甲盖，皮肤的毛孔，指骨和关节上的皱纹，手到底是光滑还是粗糙；一个人的双手是他的奴仆，但鲜少有人探究它们的个性脾气；手相术则让我们确信，双手的脾性和个人的脾性息息相关。人们看着自己的双手，有的戴满戒指，有的由于劳作而粗糙不堪，皆因人而异。斯莱恩夫人也低头看着自己的双手，它们陪伴了她一辈子，已由孩提时代圆胖的小手长成了如今那洁白光滑的老妇之手。她一边回忆往昔，一边随意地转动手上那枚半环形的钻石戒指和另一枚半环形红宝石戒指。两枚戒指戴了太久，已然成了她的一部分。"不会的，热努，"她说，"别担心，我知道这些戒指是我的。"

但其他东西可不属于她，而且她确实也不想要。热努把它们一件一件地拿出来，递给赫伯特的同时心里数着数，正如农民卖鸡蛋给买主的时候也会数数那样。而赫伯特呢，他接过珠宝后便传给梅布尔，就像一个瓦匠递砖给他的工友那样。他有价值意识，却无审美品位。斯莱恩夫人坐在一旁看着。她有审美品位，却无价值意识。她对这些东西的价值和市场价格并不在乎。她只在乎它们的美，不带半点占有欲。它们也会让她想起一生中最奇妙的一段时光，这也是她所在乎的。那些玉权杖，可是当年中国西藏喇嘛使者的献礼！当年他们的献礼仪式她至今历历在目：身着黄袍的使者蹲坐在地，从猛犸象大腿一般粗细的骨头里吹出阵阵粗犷的音乐。她还记得当时强忍笑意，尽管她正和总督一同端坐在皇庭，她一边忍着笑一边想，这和狭隘的英国人取笑波兰名字中种种陌生的辅音有何区别。除了陌生，是什么让她对用西藏股骨奏出的长鸣声忍俊不禁呢？库贝利克的音乐或许同样会让一个西藏喇嘛觉得好笑吧。之后，印度的王侯们前来献礼，正是此刻热努递给继承人赫伯特的那些宝贝。印度王侯们很清楚，这些礼物最后都会出现在拍卖会上，总督们会根据自己的财力和其他考量买回一部分。表面凹凸不平的珍珠，未经切割的祖母绿，都带有严重的瑕疵，只见它们在愤愤不平的热努和明明急切却故作正经的赫伯特的双手间传递。打开的红丝绒盒子里，手镯项链清晰可见；"这些宝贝可都是真的。"热努说着，"啪"的一声合上盒盖。等他们交接完毕，一张小桌子上已满是首饰盒子。"我亲爱的梅布尔，"斯莱恩夫人说，"看来我得借你个手提箱才好。"

简直是打劫。威廉和拉维妮亚双眼发光。斯莱恩夫人却丝毫没有察觉他们觊觎的眼神，还有对此不公分配的愤慨之意。竟然连一枚胸针都没留给拉维妮亚！很显然，斯莱恩夫人压根就没想到她应该把财产分一分；拉维妮亚和卡丽在一旁看着，怒火中烧。如此简单粗暴和愚蠢低能有什么两样。然而赫伯特对一切了然于心，而且甚是欢喜，人们私下倒觉得这样的他特别和蔼可亲。他人挫败落魄的样子让他分外得意，他还火上添油，破例含情脉脉地对梅布尔说："戴上这珍珠项链吧，我亲爱的夫人；我相信戴在你身上一定特别好看。"但事实是，它们在梅布尔那张苍老干瘪的小脸映衬下并不好看，梅布尔曾经也年轻美貌，但如今已人老珠黄，正所谓刹那芳华，红颜易逝；她现在的皮肤比头发还暗沉，而头发已毫无光泽，色如灰土。曾经在斯莱恩夫人饰有蕾丝的柔美颈部尽显光华的珍珠，此刻挂在梅布尔那皮包骨头的脖子上，全然无半点神采。"真不错，亲爱的梅布尔，"拉维妮亚一边说着，一边摆弄她的长柄眼镜，"但说来也奇怪，不是吗？这些东方献礼的品质怎么一贯如此低劣？我现在仔细瞧着，这些珍珠色泽太黄，真的，还更像旧钢琴的琴键。以前你们母亲戴着的那会儿，我倒从来没注意到。"

"有关那房子，母亲，"卡丽开口说，"您明天方便去看看吗？我记得我明天下午有空。"她随即从包里掏出一本小日志，准备查阅。

"谢谢你，卡丽，"斯莱恩夫人说，这一早上她已够让人出乎意料，而之后一番话更是让大伙诧异到无以复加，

"但我已经约好明天去看房子了。谢谢你的一番好意，我还是一个人去为好。"

对斯莱恩夫人来说，独自一人去汉普斯特德可谓一场冒险，在查令十字街顺利转了车后，她愈发愉悦。自从入住埃尔姆帕克街，那个昔日只受限于帝国边界的女孩的身影渐渐离她远去了。总有一群人，即使常年辗转于异国他乡，也鲜少被触动、被影响——他们总能自始至终保持本我，而她或许就是这样的一个人。又或许是她真的老了。一个人到了米寿之年，总该有资格这么说了吧。这种自知老去的意识和感受，既奇怪又有趣。她的头脑和从前一样警醒，甚至有过之而无不及，随时可能到来的大限之日让她的头脑愈发敏锐，在剩余岁月里只争朝夕的欲望不断激励着她；只不过她的身体略有颤抖，依稀知道体格已不再硬朗，方向感也渐渐丧失，她时常担心被台阶绊了，或是洒了茶水；总是紧张兮兮，颤颤巍巍；她明白要尽量保证自己不被推搡或催促，以免暴露了自己的虚弱无力。年轻一些的人不见得总能顾及、迁就她；而即便他们留意到，往往也是一副微愠的神情，毫不掩饰地故意拖慢脚步，好和那踟蹰的步伐保持一致。正因如此，斯莱恩夫人从不喜欢和卡丽同行去街角那个车站赶公共汽车。然而只身前往汉普斯特德的旅途让她觉得自己还没有老；她比过去几年任何时候都要自觉年轻，这点从她满心期待地迎接这段新旅途便可见一斑，哪怕这段路是人生的最后一程。况且她看着也比实际年龄年轻，她挺直腰板，随着地铁的摇晃，颤颤地坐下，紧握着雨伞和手包，还将车票小心翼翼地塞入手套。她无心琢磨旅伴们的想法，毫不在意他们是否知道，两天前她刚在西敏寺埋葬了自己的丈夫。此刻，她更愿沉醉于眼下这摆脱卡丽、重获独立的兴奋劲里。

（莱斯特广场站）

她从未料到，亨利的死竟会给她带来如此突然的解脱。她曾隐约注意到，她这一生中，有些事的发生注定会带来与之全然无关的意外结果。而眼前这件也算其中一桩。她曾问亨利，政治领域里是否也有类似情况，尽管他异常庄重地洗耳倾听（他一贯如此，且对谁都这样），但显然没明白她的意思。而亨利这辈子鲜少吃不透他人之意。相反，他会让对方尽情表达，整个过程中，始终敏锐而不乏诙谐地打量着对方，不管那人多么笨口拙舌，他总能提炼并抓住其中的中心要旨，凭借他那无与伦比的聪明才智，像变戏法一样，将其把玩于股掌之间，在他的润色下，原本贫瘠乏味的表达变成了一束束水花，一柱柱喷泉，闪耀着智慧的光芒——这便是亨利的非凡之处与魅力所在，也正因此，世人将其视为世间最有魅力之人：他人若有事相求，哪怕再小，他都会耗尽所有智慧出手相助，不管那人是议会桌边的内阁大臣，还是晚宴邻座畏怯的年轻姑娘。他从不盛气凌人或敷衍了事。任何话题，即便再微不足道，他都愿意探讨，且离他的工作爱好越远越好。他会和一个初入社交场的名媛畅谈舞会礼服，也会和一名中尉讨论马球小马，当然，和他们其中任何一位聊聊贝多芬也不在话下。他成功"欺骗"了无数人，让他们相信他是真的对他们的话题感兴趣。

（托特纳姆法院路站）

但当他的妻子问及世事及其毫无关联的结果时，他却闪烁其词，反而摆弄起她手上的戒指来。她手上的戒指此时分明可见，在黑色的手套下鼓起一块块。她叹了口气。她时常感到彷徨踟蹰，亨利却无动于衷。最后她不得不接受这一现实，还安慰自己：或许这世间，唯有在她面前，亨利不必刻意伪装、费力讨好。这番恭维或许空洞无味，但却发自她内心。她现在很是后悔：她还有那么多事没来得及和亨利探讨；客观之事，无关情感，不费半点周章。过去近七十载，她曾独享绝好机会，坐拥无限特权，而如今，一切都消失殆尽，被压在了西敏寺的石板下。

（高志街站）

亨利若是知道如今她摆脱了卡丽，也定会窃喜。他一直都不喜欢卡丽；她甚至怀疑，他们那么多孩子，亨利从未特别青睐过任何一个。亨利有个特点，那就是从不批评他人，但斯莱恩夫人对亨利颇为了解（尽管从某种意义上来说，她对他一无所知），很清楚他是喜欢一个人还是厌恶一个人。他若要褒奖他人，夸赞之辞必经再三斟酌；相反，他若沉默不语、不愿置评，也足以证明许多。亨利对于卡丽的夸赞，她是一句也想不起来，除非"该死，我这女儿手脚可真麻利"也能算作赞许。每当他看向赫伯特时，他眼里的神情都是明白无误的；平日满腹牢骚的查尔斯也未博得父亲半点同情。（尤斯顿站）斯莱恩勋爵一直不待见他这个上将儿子，举手投足间无不像在说："我现在是不是要打起精神，跟这个浮夸且暴躁的家伙好好说道说道我对政府部门的看法？毕竟这方面，我懂的可比他要多得多！"但在斯莱恩夫人的记忆中，他从未将这番话说出口。他最后还是选择了沉默隐忍。他对威廉可谓毫不避讳地故意疏远，尽管斯莱恩夫人出于对儿子的偏袒，总是口是心非地将问题归咎到拉维妮亚头上。"亲爱的，"有一回，亨利实在是听够了劝解，喃喃道，"我实在受不了这些脑袋藏账本、锱铢必较的人。"斯莱恩夫人叹了口气，无奈地赞同，还说定是拉维妮亚带坏了可怜的威廉。斯莱恩勋爵听罢，不禁反问道："带坏？他俩本就是豆荚里的两颗豌豆——一模一样。"于他而言，如此反驳便算是刻薄了。

（卡姆登镇站）

出于自己的一点小私心，亨利不知怎的，倒是挺喜欢伊迪丝。她一直住在家中，乐于助人；她时常带他出去散步；帮他回复部分信件。不可否认，她常把信件搞得一团糟：要么未署名便寄出了，要么署了名，却忘了写地址，这种情况下，信件会兜兜转转，经由死信办公室退回到"斯莱恩，埃尔姆帕克街"这个地址，如此困窘之事总让斯莱恩勋爵既好气，又好笑。斯莱恩勋爵逮不到任何机会夸赞伊迪丝"手脚麻利"。有时斯莱恩夫人甚至不禁觉得亨利之所以喜欢伊迪丝，除了因为依赖好心的伊迪丝的服侍，更是因为伊迪丝给了他取笑她的机会。

（乔克农场站）

凯。在斯莱恩夫人还没来得及思考斯莱恩勋爵如何看待那个古怪且问题满满的凯，在她还没来得及将长长的回忆之线另一头的鱼儿拉回之时，她突然想起早前给自己定的规矩，那便是：彻底安逸之日到来前，切勿肆意回忆；纵情享受之前，切勿放纵欢愉。眼前零星的期待切不可糟蹋了之后的快乐盛宴。此时列车前来助了她一臂之力，在颠簸着经过重重道岔后，列车驶入了另一个铺满白色瓷砖的车站。一圈红色瓷砖作为边框，突显出了站名：汉普斯特德。斯莱恩夫人踉跄着起身，伸手抓住扶杆；每逢此刻，也唯有此刻，她才不得不挣扎着跟上这机械般的匆匆人流，她的年迈苍老随即也暴露无遗。于是乎，她变得有些战战兢兢，哆哆嗦嗦。显然，孱弱无力的她害怕自己被这熙攘的人群不断推搡，但她又担心会给他人添麻烦，因此当听到售票员叫嚷着"麻烦走快点"时，便马上乖乖听话，加快脚步；她不想被人推着往前走，因而总是彬彬有礼地走在后头，好让他人先一步登上地铁或是公共汽车，她不知因此错过多少辆地铁与公共汽车，卡丽为此常常恼火不已。以往卡丽总是早早地找好座位，直到车子开动，才发现自己的老母亲依然独自站在月台或是人行道上。

汉普斯特德站到了，斯莱恩夫人顺利地下了车，竟一点没有耽搁，也算是个奇迹，她手里还紧紧抓着她的雨伞、手包和装着车票的手套，就这样，她下了车，发现迎接她的是夏日的阵阵和风，而伦敦的过往已被她踩在脚下。往来的行人并未注意到独自伫立在那儿的她，毕竟汉普斯特德的老妇人不是一般的多，他们早就见怪不怪了。她迈开脚步走了起来，自己也不清楚是否还记得路；但汉普斯特德貌似都不算伦敦一隅，它更像一个睡梦中的村庄，这里暖色调的红砖小屋、远处成排的树木，还有满眼的空旷让她顿觉心旷神怡，不由想起康斯特布尔笔下的画作来。她迈着慢悠悠的步子美滋滋地走着，仿佛置身于世外桃源，不再琢磨亨利如何看待他的孩子，一心只想着快点找到那房子——她的房子，三十年前，它就是这样一排红砖小屋中的一栋，屋后还有个院子。想到马上就要见到它，她不禁心生好奇。三十年啊！比一个孩子从婴儿长到拥有独立意识的成人还要长上整整十年，如此长的时间跨度里，谁知道那所房子会有何改变？它究竟是历经动荡、已然荒废，还是依旧安稳平静、一如往昔？

　　这房子确实空了好些年了，一直等着人入住。斯莱恩夫人三十年前头一次见过它后，这房子只被租住过一次，房客是一对安静的老夫妇，貌似生平故事不多，和普通人别无二致——说不定在他们眼中，这一生已足够精彩，却如此平凡，未在汇入生活的洪流时留一丝记录——这对老夫妇沉默少语，生平跌宕往事早已抛之脑后；他们来这里是为了慢慢老去，静待生命悠然飘逝；最后他们如愿以偿，在此日渐衰老，直至飘然仙逝；事实上，他俩最后都是在那间朝南面向桃树的卧房里走的——看护工如此告知斯莱恩夫人，不无鼓励之意，只见她不经意间"啪"的一声，打开百叶窗，阳光瞬间便倾泻而入，她一边说着话，一边掀起围裙一角，将窗台上的蜘蛛网一把抹下，然后回头看了看斯莱恩夫人，那眼神仿佛在说："这下行了吧，你也看了这房子——其实没啥好看的，就一间招租的房子而已——赶紧做决定，老天啊，快些让我回去喝我的茶。"但斯莱恩夫人伫立在久无人住的屋内，平静地跟她说，自己已和巴克劳特先生约好了见面。

看护工可以先行离开，斯莱恩夫人说，没必要在这里干等。或许是她话语间依然带着总督夫人的威严，看护工一改刚才的敌对态度，转而卑躬屈膝起来。即便如此，她还说自己必须得锁门，钥匙都在她那儿。她每天都会打开房门，用鸡毛掸将房子仓促打扫一圈后，再次将房子锁上，还其清净，但墙上不时还会有墙灰落下。晚上掉落的墙灰，她必须第二天打扫干净。房子久无人住，渐渐落得如此破败不堪。常春藤钻过窗间空隙，悄悄潜入屋内，斯莱恩夫人看着其中一片蔫蔫的苍白新叶在阳光下了无生机地轻轻摆动。几根稻草被风吹着，在地板上团团打转。一只硕大的蜘蛛飞一般地窜出，爬上墙壁，最后消失在一道裂缝里。就这样吧，斯莱恩夫人说，看护工还是先走吧，巴克劳特先生人那么好，他一定会代为锁门的。

看护工耸耸肩。毕竟这屋里也没什么值得偷的东西，而且她一心想着回去喝茶。收了斯莱恩夫人半克朗的小费后，她离开了。屋里只剩斯莱恩夫人一人。她听到看护工走时，"砰"的一声关上了前门。看护工这名号取得甚是不妥：毕竟他们给予的看护实在少得可怜。在他们眼中，提个盛满脏水的镀锌桶，拿块肮脏的抹布，随意在地板上敷衍擦拭一番，丁零当啷、三下两下，就算是完事了。但或许也不该过分苛责他们，毕竟他们一周也就挣区区几先令，还得打扫房子，原本已经不忍直视的双手还要再次受累。于他们而言，这至多不过是份工作，说得不好听些，实则就是件苦差。因而别指望他们会全心全意看护。不出数月，随之而来的辛劳便可将他们的热情消耗大半，而看护工得辛劳一辈子。此外也不用指望他们会觉得房子是奇异之物，尤其是空房子；要知道，房子远非一个砖砖相叠的系统，建造时需要铅垂线和水平仪不时测量校准，每隔一段距离，都会装入门窗；房子是一种被赋予生命的存在，好似一团和谐统一的生命之气被注入这一方正的砖头盒子，从此禁锢于内，直至四壁塌倒，才为众人所知。房子实乃隐私之物，此隐私之意无关插销门栓。有人或觉得此迷信说法纯属无稽之谈，反驳说：人不过是原子的集合，房子也只不过由砖头堆砌而成。然而人宣称拥有灵魂，拥有精神，拥有记忆和感知的能力，这和那些永不停歇的原子并无关联，同样道理，房子和那些静止不动的砖头的关系亦是如此。如此理念难以用常理解释，不应指望一个看护工能深谙其理。

所有首次独自置身于某间日后他们可能安家于此的房子的人都会萌生一种奇怪的感觉，斯莱恩夫人也算是经历过了。她从一楼的窗户往外四下张望，但思绪早已上下游走于楼梯间，一一打量起众房间来，她虽是初到此处，但对屋内结构已了然于心；这本身也表明了她和此房甚是默契；她还幻想了一番地下室的模样，尽管她从未去过地下室，但见过那儿长满苔藓的台阶，于是不由遐想，好奇那儿是否长满真菌——不是橘黄色带斑点的那种，而是淡淡发白的那种——若是吃了，对身体可伤害不小。这些真菌也应算是这房子的入侵者吧，想到这儿，思绪又回到了她所在的空房间，任凭那些在房子里野蛮生长的"原住民"随风飘荡、肆意摇曳、随处乱窜。

这些"原住民"——稻草、常春藤上的新叶和蜘蛛——独享这房子好些时日了。它们轻如游丝，飘忽不定，未曾付过分文租金，却依旧畅游于地板上、窗台口和墙壁间。如此的陪伴正是斯莱恩夫人梦寐以求的；她这一生经历过太多喧嚣，见证了太多明争暗斗，看透了无数遏敌制胜的磅礴野心。她宁愿和那些遁入空屋的"神秘生物"融为一体，尽管她不是蜘蛛，不会结网。只要能有拂面清风唤醒身心，能在日光浴里栽种绿植，能有幸飘然畅游时光走廊，直至死亡温柔地将她推至门外，关上她身后的大门，如此这般，她便已心满意足。她别无他求，只求活得顺从，即便外物强加意愿于她，她依然泰然接受。但当务之急是要确定她能否租下这房子。

楼下传来些许动静——是开门的声音吗？斯莱恩夫人侧耳倾听。是巴克劳特先生吗？她约了他四点半见面，而四点的钟声已敲过。她还是要和他见一面，她心想，尽管她讨厌生意经；她更希望像那些稻草、藤蔓和蜘蛛一般享有这房子，它们若能加她一个，那该有多好。她叹了口气，想着在最终安坐于花园之前，还有多少事等着她做；她得先签一堆文件，然后发号施令，选窗帘择地毯，等到各行工人手持铁锤、平头钉、针线等各色工具开工就绪后，还要长途跋涉将她所有的财产物件运至此处。若是能有阿拉丁的那枚神戒就好了！一个人尽管可以选择简单生活，但终究还是无法挣脱复杂的人生。

她突然意识到，知晓这位名为巴克劳特的先生已是三十年前的事，而今或许早有其他年轻能干的小伙取而代之，她透过楼梯扶手，满心好奇地向下望去，看到一位老实本分的老绅士独自站在大厅里,顿时松了一口气。她俯视着他那光秃秃的头顶,接着是他的肩膀,身体无从可见,最后还有他的漆皮皮鞋。他踌躇地站着,或许全然不知他的客人早已来到,又或许他根本不在乎。她觉得第二种可能性更大,因为他似乎一副不慌不忙的样子。斯莱恩夫人轻手轻脚地走下几步台阶,以便更好地观察他。他身穿一件亚麻长衫,像个油漆工;长着一张红扑扑的圆脸,一根手指按在嘴唇上,一心想着心头事,看着颇有几分调皮狡黠。她观察着这个古怪的小小身影,不禁好奇他到底想干什么。此刻,他的手指还按在嘴唇上,似乎是在示意安静,然后他踮起脚尖,走到大厅另一边,那附近的墙上有块暗色印记,应该是之前挂气压计时留下的,只见他犹如啄木鸟啄树一般快速敲击墙壁,接着摇摇头,喃喃道:"降了,降了!"说罢撩起长衫下摆,来了两个标准的单脚尖旋转后,重新回到大厅中央,一只脚漂亮地点在身前。

"巴克劳特先生?"斯莱恩夫人说道,一边从楼梯上下来。

巴克劳特先生轻轻一跃,这回换了一只脚点地。他停下来欣赏了一番脚背,然后抬起头。"斯莱恩夫人?"他一边说一边弯下腰,毕恭毕敬地鞠了一躬。

"我刚才在房子里转了转。"斯莱恩夫人自在轻松地说道，突觉与眼前这一古怪之人甚是投契。

巴克劳特先生放下衣角，像没事人一样站在那里。"哦，对的，这房子，"他说道，"我差点给忘了。尽管气压在下降，但谈生意就要有个谈生意的样子！您是要看这房子对吧，斯莱恩夫人。这房子很不错——太不错了，以至于我都舍不得随便找个人便给租了。这是我自己的房子，您知道的；我既是房东，又是经纪人。如果我仅仅是经纪人，替房主办事的话，但凡有人要租，我都有义务将它租出去。想租的人不少，但我一个都不喜欢，所以这房子才会空了这么久。但您随意看。"他着重强调了"您"。

"我已经看过了，"斯莱恩夫人说，"看护工带我看了一圈。"

"是吧，那女人真可怕，凶巴巴的不说，还特别贪小。您给她小费了？"

"给了，"斯莱恩夫人说，不禁被逗乐了，"我给了她半克朗。"

"哎呀，这太可惜了。不过现在太晚了。嗯，您已经看过房子了。您到处都看了吗？卧室，三间；浴室，一间；厕所，两个，楼上一个，楼下一个；会客室，三间；一个休息厅；以及几间普通办公用房。通自来水；装了电灯。一个半英亩大的花园；几棵有点年岁的果树，其中一棵是桑葚树。有个不错的地窖，您喜欢吃蘑菇吗？可以在里面种些蘑菇。我发现女士们大多不怎么喜欢酒，所以这地窖要不就种点蘑菇吧。我从未见过有哪位女士不怕麻烦，愿意贮藏一大桶波特酒。那么，斯莱恩夫人，既然房子您已经看过了，您意下如何呢？"

斯莱恩夫人突发奇想，正打算将刚才等巴克劳特先生时冒出的想法一五一十全都告诉他，又迟疑了；她相信巴克劳特先生听了定会郑重接受，不带半点诧异。但她终究还是忍住了，只是颇为谨慎，简短地说了一个准房客该说的："我觉得它应该挺适合我的。"

"啊哈，但问题是，"巴克劳特先生说着，再一次把手指挪到了嘴唇上，"您是否能适应这儿？我感觉您应该适合。但无论如何，世界末日若是来了，您应该也不需要它了。"

"我觉得我的末日应该会先一步来到。"斯莱恩夫人说着笑了笑。

"哪能呀，除非您实在年纪太大了，"巴克劳特先生一脸严肃地说，"世界末日两年后就到了——我到时候给您看几个简单的数学算式，您就会明白了。您或许不是什么数学家，女性数学家很少见，但如果您对这个学科感兴趣，等您安顿好了，择日我来找您喝茶，到时给您演算一番。"

"这么说来，我之后将能在此落脚了，是吗？"斯莱恩夫人问道。

"我想是的——对，我觉得没错，"巴克劳特先生说着，将脑袋歪到一边，斜着眼睛打量着她，"应该就是吧。否则为何您三十年来一直对这房子念念不忘——您在信里是这么说的——我又为何拒绝了如此多其他房客？两件事之前各自画弧，为何突然相交于一点？我这人十分相信命理几何。哪日若能来您这喝口茶，我也会一并把这事给您说道说道。当然我若只是个经纪人，便万不该提喝茶一事。但好在我还是房主，所以我想着所有事务办妥之后，我们或许能以平等之身小聚一番。"

"此言甚是，哪日您兴之所至，记得随时过来一坐，巴克劳特先生。"斯莱恩夫人说。

"您真的太客气了，斯莱恩夫人。我朋友不多，总觉得人岁数越大，越是依赖身边的同龄友伴，想着法子远离年轻人的圈子。年轻人总是让人觉得惴惴不安、精疲力竭。现如今，我几乎无法忍受与年纪不到七十的人做伴。年轻人总让你翘盼将来，催你奋发图强，而年长者却容许你在辛劳已付、尘埃落定之时回首过往人生。那才算得上真正的休憩。安稳度日，斯莱恩夫人，才是人生要事之一，但又有几人真正得偿所愿呢？又有几人真心向往呢？对老人来说，此乃无奈之举，毕竟他们要么年老体弱，要么身心疲惫，但其中一半依然会为自己逝去的精力斗志扼腕叹息，岂不谬哉？"

"所幸我未曾犯此过错。"斯莱恩夫人对巴克劳特先生说道。她终将心意一吐而快，顿感如释重负。

"没有？那我们算在这件重要事项上达成共识了。弱冠之年着实可怕，斯莱恩夫人。其艰险程度不亚于参加国家障碍赛马。你明知十之八九会落入竞技之溪，折腿于失望之篱，绊倒在阴谋之网，最后毫无疑问，且免不了在爱情之障前黯然神伤。而当你老了，你终可不用再顾忌骑手身份，在赛后天晚时分，仰面平躺，心想，啊哈！从此不必再汗洒赛道了。"

"但您忘了，巴克劳特先生，"斯莱恩夫人说着，一边仔细回想自己的陈年往事，"年轻时，人人享受冒险——且渴望冒险——不带半分畏怯。"

"是啊，"巴克劳特先生说，"没错，我年轻时曾是个轻骑兵，最大爱好便是狩猎野猪。我可以跟您保证，这辈子没什么比见到一头满嘴獠牙、疾驰而来的野猪更令我兴奋的事了。獠牙我都有好几副了，全都裱了起来，挂在自家屋中，我很乐意给您看看。但我那时毫无斗志——没有半点军事野心，对统帅军团无丝毫念想。所以不必问，我辞去了军职，自那以后，我渐渐明白沉思的乐趣要远大于行动的快感。"

巴克劳特先生古怪且夸张的措辞，让斯莱恩夫人联想起他做轻骑兵时的模样，她不由觉得逗趣，但又小心遮掩，免得被他发现。巴克劳特先生说自己胸无军事野心，她对此没有半点质疑。她觉得他正是自己欣赏的那类人。但话说回来，她觉得还是有必要提醒他别忘了手头的正事，尽管只有老天知道，这散漫的闲扯已然成了她的新晋癖好，让她沉醉不已。"但现在，我们还是继续聊房子的事吧，巴克劳特先生。"她开口提醒，恰如当时交接完珠宝，卡丽提醒她重回正题一般；此时她重拾总督夫人仪态，巴克劳特先生不得不从在灌木丛里狩猎野猪的思绪中跳出，再度聊起在汉普斯特德租房一事。"我挺喜欢这房子，"斯莱恩夫人说，"而且显而易见，"她欣然一笑，总督夫人的派头顿时荡然无存，"您对我这房客也颇为认可。那我们来聊聊正事吧，您看这房租怎么说？"

他一脸错愕地望着她；很显然，刚才那一刻，他恍惚间重回轻骑兵生涯，一心忙着狩猎野猪，全然忘记了自己房主兼经纪人的身份。此时他将手指放在鼻间，问斯莱恩夫人可否容他思考片刻。他真心厌恶这个话题，尽管心中残存的一些生意技巧不停地拉扯他，拨拽着他脑中那几根"生意筋"；他在生活中一向为人坦荡，喜欢顺其自然，租金在他看来实在无足轻重。而斯莱恩夫人恰是同道中人，因而实在很难想象如此全然不搭却又意气相投的两人如何凑在一块儿商量租金。"这租金……这租金……"巴克劳特先生说道。此时的他好似在卖力回想之前学过的某门外语中的某些词语。

　　这时，他突然眼前一亮。"对啦，说到租金，"他轻松地说，"这房子一年一租，您看如何？"时光倒流五十载，短暂重温昔日轻骑兵时狩猎野猪的日子后，他总算回过神来，说着行话，谈起正事来。"我觉得租期超过一年对您来说不太值当，"他补充道，"您随时可以搬走，您的子女想来也不太愿意接手此事。照此情形，我觉得咱俩应该能达成满意共识。我希望房客在不久的将来便可将此房归还于我。斯莱恩夫人，抛开我个人对您的偏爱——尽管这份喜爱来得突然——我自己一直希望无需多时，便可将此房收归己有。单就此而言，您无疑是房客的不二人选。当然还有其他方面的考虑——人生本是如此——但从生意角度考虑，我必须暂时无视它们。而且其他的考虑纯粹出于个人情感——嗯，我个人作为房主，而非作为经纪人非常希望您能入住此房，并满心期待与您这样一位善解人意的女士共度愉快的下午茶时光，然后能有幸在您面前阐述我的一些个人想法。但这些个考虑都需暂搁一旁，毕竟我们是来这儿商讨房租事宜的。"他一只脚点地，气定神闲后，又将之收回，然后颇为神气地看了看斯莱恩夫人。

他说话真是谨慎周全，令人敬佩，斯莱恩夫人心想。于我而言，租期超过一年的确不值当，毕竟我随时可能躺在棺材里被人抬出去。但要是他先我一步离世呢？虽然我的确年事已高，但他也不比我年轻多少。两个一只脚已踏入棺材的老人说话还如此矜持拘谨，实在有些荒唐！但人们聊到死亡时，大多拐弯抹角，不愿打开天窗说亮话，无论心中对死亡的到来多么彷徨恐惧，因此斯莱恩夫人并未挑明巴克劳特先生话语中的漏洞，只是说了句："一年一租挺适合我。但您还是没有答复我租金的问题呢。"

巴克劳特先生被问得顿时没了主意，尴尬不已。尽管他既是房东又是经纪人，但眼见自己的美好念想最终变成一堆英镑便士，他实在是万分不情愿。再者，他已认定斯莱恩夫人为房客，心意已决，便顺势问道："那么，斯莱恩夫人，我冒昧地问问您，您愿意支付多少租金呢？"

此话说得依然周到体贴，斯莱恩夫人心想。他并没有说："您付得起多少租金呢？"如此这般回避搪塞、拐弯抹角，颇像两只求爱的鸽子，想想都觉得可笑。亨利若是活着，定会用他那冰冷的理智之斧来破局。但斯莱恩夫人挺喜欢这古怪的小老头，她非常庆幸自己当时没让卡丽作陪。卡丽颇有她父亲的做派，定会强势干预，进而粉碎二人这火速发展的关系，这关系微妙得犹如一艘索具齐全的瓶中小船，一旦离开瓶管，暴露于空气中，船上的每一根绳索便立即紧立，却又如此脆弱，即便遇到再细微的涟漪，都有可能粉碎。再三回避之后，斯莱恩夫人说了一个数目，但数额太大；巴克劳特先生立马把数额砍半，但又太小了。

　　但两人终究达成了一致。或许他俩谈事的方法异于常人，但却特别适合彼此，最终二人对对方心生欢喜，满意地互相道别。

　　卡丽发现母亲对于房子之事闭口不谈，觉得好生奇怪。她的确见过经纪人，她的确也准备把房子租下来，但一年一租？卡丽嚷嚷道，万一到时有人开价更高，经纪人反悔了，不租给她了怎么办？斯莱恩夫人睿智地笑了笑说，经纪人不会反悔的。但卡丽反驳说经纪人都是无比贪婪之徒——这还用说吗——哪有不贪婪的经纪人——谁又能保证到了年底，她无须另找他房呢？斯莱恩夫人说，她觉得这样的事不会发生，巴克劳特先生不是这样的人。呵呵，卡丽气急败坏地说，但巴克劳特先生也得以此谋生吧，难道不是吗？做生意又不是做慈善。此外，房子的整修和装潢，不知母亲有否安排，她匆忙转移话题，问道，因为她晓得租约的事已成定局，她已无力回天。另外，房子要不要贴墙纸，要不要重新粉刷，有没有漏水的地方？这些母亲都有考虑吗？卡丽替母亲拿了许多年的主意了，而如今她本已悲愤焦虑万分，再加上无法肆意宣泄内心愤怒，自然更加郁闷，毕竟在一位八十八岁的老妇面前，她没法太把自己当回事，尤其是当这老人突然暗示，自己已年届米寿，能打理好自己的事了。卡丽坚信她什么都应对不了；愤愤不平于母亲不再需要她的同时，看着母亲义无反顾、无可救药地步入这混沌的烂摊子，卡丽也是着实担心。而与此同时，斯莱恩夫人却淡定地说，巴克劳特先生答应了她，会代她联络好木匠、粉刷匠、水管工和家具商。卡丽替她担忧当然是有心了，但完全是多此一举。她和巴克劳特先生二人会商量着把一切打理好。

卡丽觉得此时也全无必要再提"预算"二字了。她的母亲貌似已弃她而去，径自去到一个由情感而非理智支配的世界。那个世界里的人们将他人的周到体贴和美好情感视为理所应当。卡丽心里清楚，那个世界和现实世界相去甚远，倒是和母亲对珠宝的漠视和迟钝有着异曲同工之妙。有哪个理智之人会将价值五千又或是七千英镑的珠宝就这样交给别人呢？哪个有眼力见儿的人会意识不到卡丽和拉维妮亚也理应分得一份珠宝呢？更别说伊迪丝了。他们甚至都没留个胸针给可怜的伊迪丝。毕竟伊迪丝也是父亲的女儿。但母亲却视珠宝为无用朽木，就这么将一切都给了一人，而如今，她又欢天喜地地将自己和全部身家搭在了一个名叫巴克劳特的老骗子身上。

然而和家里人就此事絮絮叨叨、畅谈一番过后，卡丽觉得宽慰了不少。他们兄弟姐妹几人也越发团结了。大家伙都十分享受茶桌边的小聚——或许是因为便宜，喝茶成了他们最爱的聚餐方式——而且没有人介意别人反复说同样的话，即便使用完全一样的措辞也不介意。他们彼此倾听，不停互相赞同，还频频点头，好似又有了全新的启发感悟一般。卡丽和她的一众亲戚你一言我一语，互相附和肯定，从中获得莫大宽慰和鼓舞。一件事若是重复多次，便渐渐成了事实；他们奋力敲下无数木桩，在自己与人生艰险之间筑起一道栅栏。之前父亲过世直至下葬的那段日子，他们说得最多的就是"母亲真了不起"，而今迅速被"母亲大人也太不务实了，简直无可救药"这样的话所替代。他们锲而不舍，一而再，再而三地重复同样的话，在威廉和拉维妮亚所住的女王之门，在卡丽和罗兰居住的下斯隆街，在查尔斯公寓所在的克伦威尔路，还有在赫伯特和梅布尔所住的卡多根广场——他们自知无力说服看似软弱却无可救药的母亲，因而不停念叨着这些话，好让挫败感减少几分。昔日如此顺从、如此听话的母亲，这次竟让他们一败涂地——她和她在汉普斯特德的房子，以及她那个巴克劳特先生。他们几个，没有一人见过巴克劳特先生；母亲没准许他们任何一人去见他；甚至连卡丽也被拒绝了，同样被拒绝的，还有她开车送母亲的提议；但是越是见不到这个巴克劳特先生，大伙对他的怀疑越是变本加厉。他成了那个"蛊惑母亲的男人"。若非当初母亲随随便便就把所有的珍珠、玉器、红宝石和翡翠一并给了赫伯特和梅布尔，如今他们肯定怀疑母亲会听信巴克劳特先生的谗言，将所有宝贝全部给他。这个巴克劳特先生，租约拟得如此含糊不清，对联络木匠、粉刷匠、水管工和家具商之事又如此上心——他要不是个骗子还能是什么？即使往好了想，在卡丽和其他家人眼中，他的险恶用心也无外乎是奔着"佣金"而去的。

与此同时，巴克劳特先生已和谷谢伦先生谈妥，约了他过来帮忙。

"您要理解，"他对这位令人敬仰的工头说，"那位斯莱恩夫人，尽管身份高贵，却财力有限。谷谢伦先生，不要总以为贵族阶级就一定腰缠万贯。尽管有人位居高官，曾任印度总督和英国首相，但这并不意味着他死后能给他的遗孀留下万贯家财。谷谢伦先生，我们的公共事务讲究一套截然不同的准则。因此，现在得仰仗您扣除合理利润，尽量给出最低的预算。我作为经纪人兼房主，对此也有点经验。跟您直说吧，我将全权代表斯莱恩夫人审核您的预算，这事以后就算是我自己的事了。"

谷谢伦先生也向巴克劳特先生保证，他绝不会有半点占该夫人便宜的念想。

从第一眼见到谷谢伦先生开始，热努便中意于他。"这位先生可真熟悉自己的工作，"她补充道，"比如，他知道，帘门里应负重多少。而且他还会刷上油漆，让帘门不扎人。"她又说道，"这么好的活儿——既不贵，又保证质量，我喜欢。"热努和斯莱恩夫人摆脱了卡丽，和谷谢伦先生及巴克劳特先生一同度过了几日快乐时光。这位谷谢伦先生，里里外外斯莱恩夫人都甚是喜欢，甚至连他的外貌也喜欢。他看起来十分体面，总是头戴一顶因年代久远而发绿的黑色圆顶礼帽，即使在屋内，他也从不摘帽，但为了表达对斯莱恩夫人的敬意，他会将帽子后檐稍稍扬起，露出后檐，然后再将其归位。他原本棕黄色的头发如今已然花白一片且日渐稀疏，每次扬起帽子，他的头发都会被弄乱，脑袋后翘起一撮，斯莱恩夫人每每看到都觉得有趣，但头发主人却全然不知。他耳朵后面总是夹着一支铅笔，只是笔身太粗，笔芯太软，以至于除了在木板上做记号，别无他用，但斯莱恩夫人也只见过他用此笔挠头。他让她想起了一类匠人：他们但凡发现眼下的活儿非经他手，便要挑剔半天，而他身上就有这样的影子。"这破玩意儿，质量太次了。"谷谢伦先生嚷嚷道，一边检查着厨房炉灶的挡板。他总是想方设法暗示大伙，这活儿但凡给他干，定能强上百倍。但同时他也表示，若那活儿实在蹩脚透顶，即便他这样有经验的老师傅，顶多也就将其修整得还像个样儿，想要捯饬到彻底满意也是没戏。谷谢伦先生平日一向不爱说话，尤其是巴克劳特先生在的时候，但偶尔兴致来了，他也会痛快地说个够，在其纵情宣泄之时，斯莱恩夫人都会饶有兴致地倾听，比如他曾对那些用石棉做屋顶的组合式平房满腹牢骚。此般宣泄，因其稀少，愈发弥足珍贵。"我真是不明白，夫人，"他说道，"人怎能如此毫无美感地生活呢?"在谷谢伦先生眼中，一块松木板，只要安装得体，便是美的，当然他更偏爱橡木板。"真搞不懂，"他继续说，"竟有人会用油漆遮盖原木纹理!"谷谢伦先生也不年轻了，至少也有七十了，但他心里装着的传统起码有上百年。"这些卡车，"他说，"把墙都给震倒了!"一贯激进的亨利·斯莱恩曾在卡车身上发现美，正如谷谢伦先生寄美好于精心打造的木板一样。努力追随卡车之美多年的斯莱恩夫人如今发现，她终可回归初心，拥抱更合她意的审美价值。她可以和谷谢伦还有巴克劳特先生谈笑风生数小时，再加上有热努跟随，四人俨然一个团结可靠的合唱团。热努稳稳地站着，身上的牛皮纸里衬时不时咯吱作响，她这一辈子，世人所谓的原则道义她大都瞧不上，但对谷谢伦和巴克劳特两位先生却有着近乎爱慕的欣赏。他俩如此与众不同！和夫人那些个孩子有着天壤之别，这颇令人费解，却也让人欣慰，尽管热努对夫人的子女依然抱有一丝敬畏的尊重。两位老先生似乎由衷地希望斯莱恩夫人可以如愿拥有一切所想之物，却又不必为此破费。当她试探性地提出一些建议，比如在浴室里添个玻璃架子或诸如此类，他俩总会宛如盟友一般心领神会地互换个眼神，甚至只是眨个眼，便一口答应，保证圆满完成任务。热努乐于见到别人能如此对待她的夫人——好像她便是世间珍宝，脆弱但却无私，从不为己争权，因此亟需他人守护、为其争取。之前从没人如此待她。老爷固然是爱她的，且一直庇护着她不受忧愁叨扰（只是他待所有人皆是如此之好），但老爷生来强势独断，有他在，旁人自然相形见绌、黯然失色。她的子女们应该也是爱她的，热努猜想，毕竟她很难想象有哪个孩子会不爱自己的母亲，即便那孩子已年过六旬。但热努有时候也看不惯他们对待她的态度，比如那个夏洛特夫人，实在是太霸道，来埃尔姆帕克街从来不管白天黑夜，不问时间早晚，就这一点便足够让胆小的老夫人战战兢兢的了。人们时常能察觉到她话里话外的不耐烦。而且在热努看来，他们几人，除了伊迪丝小姐和凯少爷，全都过于精力充沛。他们时常使唤自己那可怜的老母亲，说话大声嚷嚷，还自顾自地指望母亲和他们一样活力满满。有一回，斯莱恩夫人和威廉少爷一块出门，她提议叫辆出租车，但威廉少爷竟然拒绝了，说他们还是坐公车为好，一旁为他们顶着车子前门的热努就差从自己钱袋里掏出十八便士交给威廉少爷了。她现在倒是希望当时真的给了那些个便士，以示嘲讽。对待一个八十八岁的老人，就好像她只有六十五岁，这实在不近情理。热努仅比斯莱恩夫人小两岁，每每在埃尔姆帕克街为要在雨天出门的斯莱恩夫人穿上套鞋，递上雨伞的时候，她就越想越气愤，尤其是想到当年斯莱恩夫人惯有的待遇：高坐象背，身后还有个象夫为她撑着阳伞，把伞高高举过她的头顶。相比埃尔姆帕克街，热努还是更喜欢加尔各答。

但在汉普斯特德，多亏了谷谢伦先生和巴克劳特先生，这儿终有了适宜的氛围。这儿质朴简约，没有侍从，也没有王侯，虽朴实无华，却温暖有爱，人人恭敬谦和、正义警醒、慷慨豁达，一如它本该有的样子。在热努看来，巴克劳特先生待人行事的风格甚是高贵。他的确有几分古怪，但他是位绅士——真正的绅士。他的想法奇怪却美妙；他总是不紧不慢；他会生意谈到一半，突然聊起笛卡尔或是令人满意的样式应有的品质。他口中的样式，可不是墙纸上的花纹样式，他指的是人生的方式格调。和他一样，谷谢伦先生也从不慌慌张张。有时他会扬起头顶的圆顶礼帽后檐，用他的铅笔挠挠头，以示评论。他鲜少开口，说话也是低声细语。他会谴责当今社会工匠技艺的衰退；他拒绝雇用工会联盟成员，手下的那群工匠大多经由他亲自训练、调教，因而普遍岁数不小，以至于热努常常担心他们会从梯子上跌落下来。那群工匠也一起加入了取悦斯莱恩夫人的"计谋"，她每次到来，他们都笑脸相迎，脱帽行礼，还急急忙忙挪开地上的油漆桶，生怕挡了她的道。尽管屋里一片悠闲从容，但整修工作却似乎进展得飞快，而且每次斯莱恩夫人来汉普斯特德，都有小惊喜等待着她。

巴克劳特先生甚至还会为她准备小礼物，行事周全如他必有所克制，礼物不能招摇，不能昂贵，如此斯莱恩夫人才会毫不尴尬地收下。有时礼物是一盆放在院落的绿植，有时是一瓶鲜花，置于空房窗台，别有一番奇特韵味。他解释说自己只能将其放在窗台上，因为房子里还没有桌子和其他家具，但斯莱恩夫人猜想实则是他个人更中意窗台，如此一来，当他恭候的房客到来之际，他便可把那沐浴阳光的礼物尽情展现。有时斯莱恩夫人为了逗他玩，故意迟到半小时，但他不愿就此作罢，一次他发现对方迟到，立刻再次上楼，将花瓶挪至太阳底下，只可惜花瓶边三寸外的那圈湿痕还是出卖了他。斯莱恩夫人的猜想由此得以证实，顿时喜上心头，不禁心想：人一旦老了，面对一丁点儿乐趣，也会心满意足。尽管身体羸弱疲倦，随时可能作古西去，她依然会和谷谢伦先生、巴克劳特先生做做小游戏，以此为乐，偶尔伴着渐渐微弱的音律，共跳小步舞，或许略显矫揉造作，但却分外真实，并非与儿女共处时可获得，尽管显现于外时，举止神态会略显浮夸。但若真心出于尊重，谦恭客套不再是虚伪造作，而成了体面含蓄的优雅，由此传达更深沉的情感。

他们三人都已年事过高，感官已敏锐不再；与人一争高下，智取巧胜之事也成历史。于是他们重返小步舞的古老曲调，期间男士俯身鞠躬，以表对女士的殷勤倾慕；女士轻摇折扇，微风徐徐不惊发丝一缕。这便是残年暮景，年迈之人已然洞彻世间万物，无意抒发己见，只愿将千言万语化作一个眼神……那些情感决堤、热血沸腾的年岁已然远去，欲望纠缠、左右为难、撕心裂肺的时光也一去不返。如今一切只剩眼前这黑白图景，景物依旧，但却色彩全无；轻轻挥手，一切尽在不言中。

与此同时，巴克劳特先生依旧时不时给斯莱恩夫人带些小礼物，最得斯莱恩夫人芳心的当属鲜花。她渐渐发现，巴克劳特先生身上的才艺还真不少，比如他对插花就颇有天赋。他独具匠心，总能将各种色彩、形状大胆组合，经他的妙手，成品远不再是一束简单的鲜花，而更像是一幅美丽的静物画，只是其中涌动的生命力是任何画笔无法描绘的。插花置于窗台，在阳光下熠熠生辉，为其四周光秃秃的窗台板和周边的白墙增色添光不少，由内而外闪耀着夺目的质感。他的创作远不止于此，这一周，他会用尽靛蓝、绛紫、橙红色，成品一如吉卜赛女郎般绚丽耀眼。下一周，他的用色又突然淡雅柔和起来，偏爱灰白、玫瑰红，外加一抹嫩黄，配上轻柔如羽毛、色淡如奶油的花枝。本有可能成为画家的斯莱恩夫人自是懂得欣赏其中之美。她说，巴克劳特先生就是一位艺术家。就连热努也一改往日之态度，她从前最是讨厌屋里的鲜花，因为它们总是不停凋谢，花瓣落得满桌子都是，连最后被丢弃，也会弄得废纸篓湿湿答答、一片狼藉，但有一天连热努也忍不住评论说："先生真该去做个插花师。"

渐渐地，看着自己的用心被欣赏、被认可，巴克劳特先生开始为斯莱恩夫人"量身定制"礼物。除了装在瓶里的花束，他还为斯莱恩夫人准备了一小束鲜花，供她别于肩膀。第一回稍有波折，为了不让老先生失望，斯莱恩夫人焦急地把那些饰带、皱褶饰边翻了个底朝天，也始终没能找到一枚别针，打那以后，巴克劳特先生每每前来送花，都会将一枚大号黑色安全别针仔细地别在包裹花柄的银色包装纸下方，而斯莱恩夫人每次都会乖乖用上，尽管之前，她都会备好一枚随身带着。如此心照不宣、相互体谅的小小善举令他俩的关系愈发亲密无间。

有一天，斯莱恩夫人问巴克劳特先生为何不辞辛苦地替她办事，为何帮她找来谷谢伦先生，监管他的预算账目，监督把关所有细节。按常理来讲，这样的事，毫无疑问，并不是一个经纪人，哪怕是经纪人兼房东愿意做的。巴克劳特先生突然变得异常严肃。"我一直在想，斯莱恩夫人，"他说道，"您是否会问我这个问题。很高兴，您最终还是问了，因为我一直讨厌互相误解，喜欢打开天窗说亮话。您说得对，这的确异乎寻常。这么说吧，我之所以如此为之，是因为我也无他事可做，而且您若不反对，我会因您给我效力的机会而心存感激。"

"当然不反对，"斯莱恩夫人腼腆而坚决地说，"但这不是理由啊。您为何如此处处为我着想呢？您看，巴克劳特先生，您不仅帮我监控着谷谢伦先生——尽管他其实比我见过的任何工头都让人放心——而且您从一开始，便处处为我节省开支。对这一行我可能不是特别精通，"她说着，脸上露出迷人的微笑，"但我还是见过世面的，知道外边的生意可不是像您这样做的。而且，我的女儿夏洛特……算了，还是别提我女儿夏洛特了。问题是，我依旧有些迷惑，而且相当好奇。"

"我希望您不要觉得我是头脑简单之人，斯莱恩夫人。"巴克劳特先生一本正经地说。他犹豫了一下，貌似在考虑要不要对她推心置腹道明一切，然后转而又开始滔滔不绝起来。"我不是傻子，"他说道，"也不是幼稚的老头儿。我最厌恶幼稚无知或诸如此类的废话。最不耐烦那些故弄玄虚，声称这世界远非我们所理解的人。这个世界，斯莱恩夫人，实在太可怕，因为它基于残酷的争斗——真不知该将这些争斗称为约定俗成的法则还是现实需要。它是匪夷所思的错觉，还是生命法则？或许它本是动物界法则，而人类文明最终将我们从中解放？在我目前来看，斯莱恩夫人，人类所有的计算都基于一套数学系统，而这套系统从根本上就是错误的。他们的运算结果正好可以满足一己之需，因为他们不停地填塞，迫使他们的星球接受他们所设定的前提。尽管按照其他法则，运算的结果依然正确，但它成立的前提却疯狂至极；虽然别出心裁，但却过于疯狂。或许有朝一日，真正的文明会接管一切，在我们所有的答案上画上一个巨大的'×'。但我们前路还长——依旧任重道远。"他摇了摇头，一只脚点地，随后又陷入沉思。

"那么在您看来，"斯莱恩夫人发觉自己不得不把他从无尽遐想中拉回现实，便说道，"任何与此匪夷所思的错觉抗争之人都是在推动文明的进程吗？"

"是的，斯莱恩夫人，对此我深信不疑。但在当今世界，大部分人都无法身体力行，唯有诗人、长者或可一试。说来您也许不信，当年我辞去军中任命，初入商界时，可以说是心狠手辣。对，只有这个词最贴切：心狠手辣。当时我可谓无人能敌，而且我经商的手腕越是厉害，越是受人尊敬。没有什么比让你的竞争对手明白你与他势均力敌能更快获得尊重。若要人敬你三分，其他手段长远来看或许有用，但若想走捷径，没有什么比自抬身价，迫使他人接受更有效了。虚怀若谷、节制有度、体恤他人、为人友善——这些品质全都没用；他们是不会买账的。您若是遇到早年与我共事之人，斯莱恩夫人，那人一定会告诉您，我当年可是人人仰止膜拜的业内巨头。"

"那您是何时放弃了这些铁血手腕的呢，巴克劳特先生？"斯莱恩夫人问。

"您不会以为我是吹牛的吧，斯莱恩夫人？"巴克劳特先生一边问一边注视着她，"我之所以告诉您这些，是想让您明白：天真幼稚非我软肋。如我所说，您可别以为我是个傻瓜。我是何时放弃这些手腕的？这么说吧，我给自己定了个期限，我决心在六十五岁时退出商界。然后在六十五岁生日的那天——或者更准确地说，是在迈入六十六岁的那天——我晨起睁眼，从此便以自由人自诩。从商于我而言，更多的是克制与磨炼，远非我本意。"

"那这个房子呢？"斯莱恩夫人问，"您跟我说过，过去三十年，您以不喜欢为名，多次拒绝房客。那应该出于您本心吧，是吗？毕竟这压根都算不上生意吧？"

"啊哈，"巴克劳特先生说着，再次把手指挪到了鼻子上，"您实在太精明了，斯莱恩夫人，您的记性太好了。但您别对我太苛刻：这个房子算是我干过的一件荒唐事。或者我是否该说，它是我残存的一丝理智？我还是言辞精确些为好。我明白，斯莱恩夫人，您是在拿我说笑呢。恕我冒昧，若没有你们女士们时不时的挪揄嘲讽，恐怕我们还真的会太把自己当回事儿。您看，我一直有个念想，那就是在这屋里度过生前的最后时光，所以自然而然，我不想有任何惹人讨厌之徒来破坏这儿的氛围。您可能留意到了——当然啦，您定是留意到了——这屋里的氛围一直既练达又超然，说来也奇怪。我一直尽心尽力，想要好好维护这种氛围，我一人虽无法制造一种氛围，但至少可以好好守护，让其不受外界干扰。"

"但如果您想要独自居住于此——呃，想在这里终老离世，"斯莱恩夫人眼见他举起手正欲纠正她，说道，"那您为何又把房子租给了我呢？"

"噢，"巴克劳特先生不假思索但又不无安慰地说，"您的租约，斯莱恩夫人，不会影响到我的打算。"

尽管巴克劳特先生一向谦恭，但在这方面他却异常坚定冷峻，对斯莱恩夫人只需短期租住房子的事实直言不讳。每当斯莱恩夫人有在他看来全无必要的支出时，他便会以"不值当"为理由，打消她的念头。当斯莱恩夫人提到想安装中央供暖时，他便提醒她，这可是她生前最后的一处住所，即便装了，她也用不了几个冬天。"当然啦，"他为表理解，又补充道，"一个人若是有条件，总想着尽量过得舒坦些，这也无可厚非。"无意中听到此话的热努，自是愤愤不平，于是召唤出上帝表达义愤："所以先生觉得天堂里面没有取暖器吗？您这关于上帝的新奇想法显得有些苍白啊。"但巴克劳特先生依旧坚持己见，认为用油灯就足以让房子暖和起来。于是他计算出了一个冬天需用多少加仑的煤油，然后将其与用于购置熔炉外加穿墙管道的总支出进行对比。"但是，巴克劳特先生，"斯莱恩夫人不无怨愤地说，"作为房子的主人兼经纪人，你应当鼓励我装中央供暖才对呀。您不想想，这对下一任房客可有着莫大的吸引力呀。""斯莱恩夫人，"巴克劳特先生回答道，"为下一任房客的利益考虑和对这一任房客尽心尽责完全是互不相干的两码事，这一向是我的人生准则，而一直以来，我也因此与他人关系明确。我一直崇尚划清界限，厌恶你我不分。而世人频频在此犯错，关系处得含糊不清，到头来落得个谁都没讨好，自己不痛快的下场。拒绝的真谛在于懂得取舍和妥协。不管会冒犯多少人，与其捉襟见肘取悦众人，不如一心一意让一人尽欢，这便是我一贯的为人之道。我这一生得罪过的人不计其数，但无一让我懊恼追悔。我一直坚信活在当下，把握今朝。人生如此转瞬即逝，斯莱恩夫人，趁岁月尚未逝去，我们要竭力抓住其尾。怀念昨日或空想明天皆是徒劳。昨日已逝，明天尚不可知。上帝明鉴，即便今日也是岌岌可危，因此请听我一句劝吧。"巴克劳特先生又开始搬出《圣经》和上帝，一只脚再次点地，仿佛是为了强调他的言论，"不要安装中央供暖，因为您自己也不清楚能享用多久。我的下一位房客可在地狱自行取暖，但我在这儿郑重给您忠告，我的建议就是买油灯——多买几盏。无论您如何频繁更换蜡烛芯，它们在您离开这儿之前都足够为您取暖了。"他换了一只脚点地，说罢轻轻甩了甩衣服下摆。谷谢伦先生在一旁一脸尴尬，不时地扬起帽子。

斯莱恩夫人觉得，巴克劳特先生之所以深信她的租期不长，主要原因有二：一则巴克劳特先生对她的年纪大致心里有数，二则他预测世界末日近在咫尺。他庄重地就这一话题侃侃而谈起来，丝毫不因热努和谷谢伦先生在场而有所顾忌；而他们两人对此话题避之不及，热努更乐意聊聊布草柜，而谷谢伦先生更喜欢说说他的刷墙水粉。热努的床单什么的就先等等吧，同样，谷谢伦先生满月似的颜料盘（盘上的颜色分别唤作庞贝红、石头灰、橄榄绿、嫩虾粉）也得暂搁一旁。巴克劳特先生如此专注于对永恒的探究，布草柜、刷墙水粉这类话题他自是敷衍了事，最多只能和他们聊上个五分钟，不能再多。之后他便转而取笑起谷谢伦先生来，说他码尺的长度会因房间而异，这取决于房间是南北走向还是东西走向，还说热努的搁板永远无法搁得完全水平，因为整个宇宙都基于一条圆弧，这些言论让热努和谷谢伦先生二人仓皇失措，无以应对。眼见巴克劳特先生如此博学，热努愈发敬重他，而谷谢伦先生的帽子都快倾到鼻子尖了。发现此二人惊慌得乱成一团，巴克劳特先生竟有种施虐的快感，愈发滔滔不绝起来。他知道，哪怕他为了照顾斯莱恩夫人，聊些接地气的话题，她也会倾耳细听。"你们可能知道，"他站在一间尚未完工的房间里说，为了听他一席话，油漆工不得不停下手中的刷子，"有关世界毁灭的预言至少有四种：火焰、洪水、冰霜和撞击。至于其他的说法，大都无据可寻，可能性小到可以忽略不计。当然，此外还有一些起到预言作用的数字。作为毕达哥拉斯的忠实信奉者，在我个人看来，数字是永恒和谐的基本要素。数字存在于虚空之中，即使你可以幻想宇宙灭亡，你也无法幻想数字消逝。但这不意味着我赞同古巴比伦人的伟大圣数，一千两百九十六万——也许你们还记得这个数字——也不意味着我赞同威廉·米勒通过加减运算所得出的世界将终结于一八四三年三月二十一日的结果。并非如此。我有自己的一套运算系统，斯莱恩夫人，这么跟您说吧，世界灰飞烟灭之日已不远矣，这虽令人焦虑痛苦，但却不可辩驳。"巴克劳特先生精神抖擞地准备一展身手，他踮起脚尖来到墙边，用一小截粉笔仔仔细细地写下"PΩMH"几个字符。他前脚刚至，油漆工后脚便跟着，同样仔细地用刷子将刚写的字符刷得没了踪影。

"若是真的，夫人，"热努说道，"那我的床单怎么办？"

*

斯莱恩夫人从未如此享受过他人的陪伴，有两位老先生做伴，她收获了无与伦比的快乐。她曾游走于才俊翘楚、达官显贵之间，也曾想方设法与他们长谈阔论，在那些俗务缠身的年月里，她早已学会将原本说不清记不住的点滴知识东拼西凑，这让她时常想起她的少女时代，那时的她，脑袋里的知识体系总是漏洞百出，人们聊起爱尔兰问题或妇女运动，她总是一头雾水，而人们口中的自由贸易和保护主义，在她看来就是两块绊脚石，尽管别人给她解释过不下十次，她还是无法本能地将两者区分开来。在亨利跟前，她总是费尽心思，百般掩饰自己的无知。还好结果不负有心人，亨利会不时在她面前卸下思想包袱，与她倾诉政事上的困惑，竟从未怀疑妻子其实早已听得云里雾里。她私下常为自己的无知愚钝黯然神伤。但她又能如何呢？她没办法，是的，她根本没办法记住为何阿斯奎斯先生就是厌恶劳合·乔治先生，也没办法记住那令人闻风

090

丧胆的新兴政党——工党的用心何在。她顶多只能一边掩饰无知，一边绞尽脑汁、拼命回忆搜寻脑中七零八落的相关信息，以便作出适当的回答。在法国的那些年，法国人睿智的交谈之术让她深受其苦（尽管她对之钦佩不已），总让她觉得自己笨嘴拙舌、技不如人。她可端坐数小时，欢欣鼓舞地倾听对方口吐莲花，隽语警句信手拈来，惊叹对方慧心妙舌，只字片语便已道尽人间百态，但对她而言，如此重要技艺，或需耗尽一生，方能参悟。而正当她安静地沉浸于自己的欢喜之中，某一时刻，席间总有失礼的宾客抛出烫手山芋，向她请教："那大使夫人，您有何感想？"结果反而令她惊恐万分，兴致全无。虽然在内心深处，她自知对此问题的理解远远超出其他人——因为谈话中涉及的法国话题正是她最感兴趣、且略懂一二的部分，若是她敢于表达就好了——然而她依旧嘴拙舌笨，所说之话要么含糊不清，要么言不尽意。坐在一旁的亨利，眼见妻子洋相出尽，甚是尴尬。但私下里他却说（尽管不常说），夫人是他见过最睿智聪慧的女子，或许她常常言不达意，但她从来不说傻话。

　　她时常祈祷：这样的痛苦唯她一人知晓便好，切不可让亨利与同席宾客发现。除此之外，她还有其他羞于启齿的缺点，尽管羞愧程度不可同日而语。比如她不会填写支票，总是填不对金额数值，忘记画两条平行线[1]，又或是忘记签名；她搞不懂什么是公司债券，不明白延期付息股票和普通股票有何差异；至于那些形形色色的术语，比如牛市、熊市、雄鹿[2]，以及期货溢价，则仿佛让她置身于野兽马戏团。她一直恭顺地认为这些事才是头等大事，毕竟很显然，离了它们，世界将无法运转。在她看来，党派政治、战争、工业、高出生率（她学着将其称为劳动力）、竞争、秘密外交以及猜疑等如此种种，全都是某个必要的游戏的组成部分，而这一游戏之所以必要，只不过因为她身边的那帮绝顶聪明之士将其视为工作，视为职责，尽管于她而言，这只不过是个游戏，一个令人费解的游戏。她猜想事实大抵便是如此，可她却愈发频繁地觉得自己仿佛身处一可怕而又荒谬的梦境，梦里的她眼前闪过无数数字。这一可悲的体系似乎全然基于一个超乎寻常的社会习俗，如同货币理论一般令人费解，（有人曾告诉她）毕竟货币的发行量和实际的黄金供给并无关联。人类选择黄金而非石头作为货币符号，实为偶然；而人类选择冲突而非友善作为处事之道，也纯属偶然。如果当初选择石头和友

1　在支票上画两条平行线表示只能在银行转账而不能取现。

2　指投机认股者。

善，这个星球或许会更加美好——解决问题的办法便是如此简单——但这个星球上的栖息者们却从未有此意识。

而无论她如何作为，她的孩子们在成长过程中还是受到了同一习俗的影响。自然而然，他们追名逐利，渴望出人头地，从不满足于现状。赫伯特总是满口说教、野心勃勃，愚昧而不自知；卡丽统领着一众委员会，声色俱厉，习惯发号施令，以干涉无需她干涉之人为乐，她的母亲对此深有体会；查尔斯满腹牢骚、整日哀怨；威廉和拉维妮亚东撙西节、锱铢必较，仿佛节俭度日已成职业。这几人既不友善，也不优雅，亦无隐私。老母亲唯与伊迪丝和凯还算心灵契合：伊迪丝总是手忙脚乱，老想把事办得有条不紊，却总是好心办坏事，越理越乱；她会试着退后一步，审视人生，完整的人生，虽众人皆知不可行，且默然接受，只有伊迪丝为之苦恼、郁郁寡欢（诚然，正因她的不安，她才难能可贵）。凯——这么说吧，在一众儿女中，或许只有这个整日摆弄罗盘、星盘的凯最不思进取、鲜少努力，可他不知，他是众人之中最有存在感的那个，尤其是在他关上身后房门，拿起掸子从容不迫地沿着架子轻轻拂扫之时。的确，凯和伊迪丝是她最最亲近的孩子，她一生秘密不少，玩笑众多，而这算是其中一个，她会将其带入坟墓，永不对人说起。

此外，她一直是个孤单的女人，总是和她表面上遵从的信条格格不入。偶尔她也会经历美妙的邂逅，结识与之契合的灵魂。曾有个年轻小伙陪他们一起前往法泰赫普尔西克里，小伙的名字她已忘记或者压根不曾知晓，但有那么一刻，她曾深情凝望对方的双眼，不料却乱了方寸，于是只得走开，重回总督大人和一众头顶烈日的官员队伍中。这样的邂逅并不多见，且受其处境所限，即便有也相当短暂。（尽管她一直坚信，这世间惺惺相惜的灵魂本并不少，只是深埋于俗世的繁文缛节之下，内在的美妙心弦从此难再触动。）而和巴克劳特先生还有谷谢伦先生在一起的时候，她可以完全放松，十分自在。她可以毫无羞愧之心地跟巴克劳特先生明说她分不清地税与国税；她也可以告诉谷谢伦先生自己不知道伏特和安培差异何在。两位先生都不会枉费口舌解释半分，只会立马放弃，直截了当地说，交给我吧。她也的确照做了，深知自己的信任不会错付于人。

说来也奇怪，两人的陪伴竟会让她如此欣慰，如此释然！是因为老来的倦怠呢，还是因为她一直渴望回归童年呢？她渴望回到童年时光，因为如此一来，所有决定和职责可重新交与他人之手，在那个充满阳光、仁善永驻的世界里，她便可以自由幻想。她心想，若能重返青春年华，我定会坚守心底的那份静谧与冥思，抗争世间一切跃跃欲试、钩心斗角之欲，争名逐利、虚情假意之心——对，虚情假意，她在内心呼喊，一手握紧拳头，重重捶打在另一手掌间，也不知哪来的力气。而后她又犹豫反复，欲自我纠正，担心先前之念不过是消极的信条，是对人生的否定，又或是精力不济的坦白。然而她终得结论，自觉并非如此，因为她终于明白，只有静心冥思（并且勇于追求年轻时不得已割舍的生活），她才能洞悉真正的人生幸福，比她那些标榜行为至上、凡事只看结果的孩子活得更为真实。

她还记得那时跟随亨利一起坐车穿越波斯沙漠，他们的马车被一群群蝴蝶保卫护送。蝴蝶展开黄白相间的翅膀，飞舞在头顶两侧和周围，它们时而齐头并进、飞向前方，时而折返回来、伴人左右，仿佛自娱自乐似的按捺它们轻快的翅膀，竭力跟随笨重的马车，却依旧无法适应马车那持重的步调。为释放心中焦躁，它们或高飞入空，或潜于车轴之间，抑或趁马蹄未落，从另一侧跃出，而自始至终，它们小小的身影恰似点点黑影，投射于沙间，仿佛一个个落下的小黑锚，拴在地上，被看不见的绳索牵绊，被同样矫捷任性的力量拽着四下乱窜。她记得当时自己思绪万千，马车一路跟随太阳，从黎明到黄昏，单调乏味的前行节奏让她昏昏欲睡，那节奏好似一把追逐太阳的铁犁，笔直地、缓慢地绕着地球转了一圈又一圈——她记得当时自己心想，这不就是她生活的写照么？犹如追逐太阳一般跟随亨利·霍兰德，但她偶尔也会飞入那一片蝴蝶云中，那些蝴蝶便是她逾规越矩、漫无边际的思绪，它们飞奔着、疯舞着，却丝毫没有改变马车行进的节奏。它们不断拍动翅膀，躲闪马车，双翼不曾拂拭车厢，时而疾冲向前，而后折返归来，挑逗一番，炫耀一场，在车轴之间来回穿梭，享受着独立而美好的生活。缓慢行进的马车周围有一群叫花子，他们正迅速走过沙漠。亨利此行的目的是考察民情，眼见此状，他只说道："糟糕，这些人的眼疾挺严重——我得采取点行动。"她知道此言不假，他之后还会找传教士共议此事，于是她将注意力从蝴蝶身上移开，重新回到她的职责上来，她决定，等他们到了亚兹德或设拉子，或者其他什么地方，她会带领传教士的妻子们去调查村子里的眼疾状况，同时安排从英国再运一批硼砂过来。

然而，奇怪的是，翩翩飞舞的蝴蝶在她心间永远更有分量。

2

她的心中一片宁静

尽管街头嘈杂扰攘、人流涌动；

她的双手不紧不慢，

脚步匆忙不再。

　　　　　　　　——克里斯蒂娜·罗塞蒂

夏末时分，南墙下，桃树旁，斯莱恩夫人沐浴着汉普斯特德的阳光，闻着馥郁桃香，双手无所事事，不由想起当年和亨利订婚的那天。如今，她每日都有大把闲暇时光探索自己的过往，宛如横越一块广袤乡土，走着走着，散落的田野、断续的光阴最终汇成一道道风景，融为一个整体，以便她纵观横眺；她甚至可选其中一田，故地神游，尽管自始至终都仅似在高处俯瞰，望着它们各安一隅，周边树篱环绕，各自成形，接着跨过树篱的豁口，神游至另一边田地。她暗自心想，自己终可在人生各段画圈为记了。她慢慢重温那日，仿佛经由一条小径，穿过杂草丛生的田野，两侧有酢浆草与毛茛在随风摇曳；她放缓节奏，再度重温，从早餐时分一直重温至就寝时刻，随着分针超越时针，每个时辰都为她再度展现各自风姿：她心想，彼时此刻，我于当日初次下楼，挥帽示意，任凭帽檐丝带轻轻舞动；彼时此刻，他邀我入园，与我同坐湖畔长凳，和我聊起天鹅若是扇翅一击，并不会致人折断腿骨。她在一旁听着，顺势留意到正好漂游至岸边的一只天鹅，它弯下脖子，喙入水中，然后弯曲脖颈，急躁地将喙伸入胸前那一簇簇洁白如雪的羽毛当中；但她心中所念的并非天鹅，而是在亨利面颊上的一撮新髯，可两股念头已然合二为一，于是她想知道亨利棕黄色的虬髯是否如天鹅胸前羽毛般柔软，她那百无聊赖的玉手几欲上前抚摸，然而这时的他突然闭口不谈天鹅种种，仿佛那番开场只是用来掩盖他的踌躇，待她再次反应过来，只见他身体前倾，话语真诚而恳切，还伸手抚摸她的荷叶裙边，仿佛急于和她建立某种亲密关系，却全然不知自己有些焦急。但对她而言，他俩之间的真实纽带在他开口之时，已被彻底割断，她方才还想伸手抚摸他面颊上的虬髯，此刻已然兴致全无。那一席话必须说得无比诚挚，如此一来，方有可能彰显其分量；那一席话似乎酝酿自严肃而隐私之处，字字犹如从他心底的性情之泉里提出；那一席话意味深长，关乎成年男女——那一席话让他顷刻离她远去，甚至快过老鹰用利爪将他抓上天空。他消失了，离她而去。即便她依旧认真打量他的脸庞、仔细倾听他的话语，但她明白，两人已有天渊之隔。他所置身的那个世界，人人结婚生子，为人父母，养育儿女，使唤奴仆，支付赋税，通晓红利，在年轻人面前故弄玄虚，遇事自主决断，饮食凭喜好，作息看心情。霍兰德先生在邀请她前往此地，与他做伴；他在向她求婚，希望她成为他的妻子。

接受求婚，在她看来，没有半点可能。这个主意可谓荒唐至极。她不可能跟随霍兰德先生共赴那个世界，他是最不可能的人选，因为她认定霍兰德才智过人，志在远方，注定能成就一份精彩的事业。她听父亲说：年轻的霍兰德前途无量，早晚会升任印度总督。这便意味着她终将成为总督夫人，一想到这，她犹如一只惊慌失措的小鹿，惴惴地瞥了他一眼，怎知霍兰德先生沉醉于自己的欲望念想，误解她意，顺势拥她入怀，热情却不无克制地在她唇上深情一吻。

这个可怜的女孩又能怎样？还没等她完全搞清楚状况，她的母亲已喜极而泣，笑中带泪，父亲大人轻拍霍兰德先生的肩膀，姊妹们嚷嚷着问她们是否都可以做伴娘，而霍兰德先生挺直身板站在那儿，异常自豪，异常安静，嘴角带着一抹微笑，轻鞠一躬，起身看着她，不谙世事如她，都已读懂那眼神已宣告了对她的所有权。就这样，转眼之间，她成了完全不同的另一个人。或者还没有？她并未察觉内心有任何蜕变，能与眼前这一众微笑的脸庞交相呼应。她的感受一如从前。突然间，事无巨细都要听凭她意，算是平生头一遭，她却因此倍感惊恐，急忙将决定权交还给别人。只有这样，她才能尽可能拖延时间，直至彻底地、无法挽回地成为另一个人。只有这样，她才能继续偷偷做自己，尽管时日已不多。

她想知道，所谓的"自己"，究竟为何物——一介老妪，回望自己的锦瑟年华？此番消遣最是温柔，饱含眷恋，却毫不悲伤，倒也可算终极的奢侈、最后的放纵；她等待一生，只为老来沉醉其间。趁作古升天还有缓期，尚有时日纵情沉湎。毕竟，除此之外，她也无事可做。平生第一次——不，应该说婚后第一次——她别无他事可做。她终可躺下，倚靠死亡，审视人生。与此同时，空气中满是蜜蜂的嗡嗡声。

依稀间，她看到少女时的自己行走湖畔。她脚下步子缓慢，手中帽子挥舞，若有所思，眼眸低垂，一边走着，一边将阳伞伞尖戳入脚下软若海绵的泥土。她身着一八六〇年时风行的荷叶边薄棉布女装，一头长鬈发垂于脑后，其中一卷挂于脖间。一只卷毛西班牙猎犬伴其左右，闻着气味钻入灌木丛中。乍一看去，她与狗俨然是某个饱含深情的信物上刻着的一幅版画。对，那便是年轻时候的她，德博拉·李，不是德博拉·霍兰德，也不是德博拉·斯莱恩。老妇人闭上双眼，以便更好地保留此景在心头。那走在湖畔的少女浑然不知，但老妇却已将她的青春年华尽收眼底，宛如在鲜花绽放之际，拾起谢落的花瓣；沾露花间，摇曳生辉，纯洁无邪，热切渴望，时而冲动，时而腼腆，如野兔般羞怯，如在树间窥视的母鹿般身手敏捷，深信于人，如舞台一侧等候的舞者般脚步轻盈，如大马士革玫瑰般柔和芬芳，如喷泉般笑声泪汩——这便是青春，会在未知门槛前迟疑不决，也勇于挺起胸膛，直面凶险。老妇人定睛细看，她看到柔嫩的肌肤，纤巧精致的线条，深邃闪亮的双眸，不谙世事的嘴唇，指间无戒的玉手；她深爱曾经的这个自己，试着倾听她的声线语调，可惜女孩始终一语不发，仿佛行走在玻璃墙后。她如此孤单，那份耽于默想的孤独仿佛是她灵魂的一角。无论她心中所想为何物，爱恋、浪漫，乃至年轻人常有的情感，无疑皆不在其中。即便她心怀美梦，所梦之人也定非少年亚当。于是乎，斯莱恩夫人心想，切不可以己狭隘之念轻易度人，看轻甚至是冤枉了年轻人，毕竟青春远比此丰富多彩；青春充满希望，志在前方，青春之火足以燃烧河流，让全世界钟楼为之高鸣；情爱不是唯一，名望、功业、才智——

诸如此类亦为人所念，扣人心弦，谁又知道呢？让我们暂且疾步撤回塔楼静待，看内心深处那天资是否依然不愿显山露水。但是，我的天，斯莱恩夫人转念一想，一八六〇年，一个女儿家若是关心声誉名望，前景可谓惨淡。

斯莱恩夫人实属有幸，能洞察那个女孩的内心，而那女孩便是曾经的自己。她不仅能留意到那徘徊的脚步、踌躇的停滞，紧皱的眉头，戳入泥土的太阳伞尖，以及湖水中颤动着的破碎倒影，而这孤单漫步背后的缕缕思绪她也了然于胸。她明白那些思绪隐秘而放肆，虽隐藏于这柔弱的少女外表下，但依然如此狂放大胆，即便狂野少年也会感叹望尘莫及。这些思绪皆事关逃跑与伪装，改名换姓，女扮男装，奔赴异国他乡追寻自由——此番密谋堪比一个男孩逃离海外的秘密计划。缕缕卷发在剪刀下簌簌飘落——一只手悄然抬起，好似在抚摸意念中那头剪去长发后油亮的短发；脱下三角形披肩，换上衬衫一件——手指摸索着给领带打个结；那些裙装被踢至一旁——接着，她羞怯地将手伸入裤子口袋。女孩的形象消失了，取而代之的是一个瘦削的男孩。与其说他是个男孩，还不如说他实为一个性别模糊的生物，象征着青春，浑身散发着青春的气息，他发誓永远放弃性别的欢愉与特权，追随肆意驰骋的想象，只为实现那更为高尚的远大理想。简而言之，十七岁时，德博拉便立志成为一名画家。

白日里的太阳温暖着她那把老骨头和墙上枝头的桃子，而此时太阳已渐渐西下，不知何时落至屋后，她不由打了个寒噤，起身将椅子往前拖至阳光尚可的草地。她奋力追寻那逝去的梦想，从一开始不知源起，念头萌生，再到历时数月，思绪逐渐平复又骤然高涨，宛如热血涌动心间，直至最后念想幻灭，活力尽失。她愿倾其所有，只为让梦想留存。现如今她得以看清一切，明白那梦想终为何物：那是她这一生唯一价值所在。她有过太多现实，那些其他女人眼中的现实——但如今她再也回不去了，她更愿竭尽全力拥抱心底的这份超现实，它如此坚实有力，只消遥想当年它是如何支撑、激励着自己，就令她无比快乐。如今她不仅只是暗自诉说，更在内心深处反复重温体会。这份超现实弥漫着爱的温存，如此强烈，远不似回忆中对爱的缅怀那般冰冷。她再度欣喜若狂，神采奕奕，一如从前。沉醉于狂喜的感觉如此之美妙！如此美妙，如此难得，为之割舍一切，也是值得！见习修女也不如她敏锐警觉。当年的她坚韧如金属丝线，拉伸后轻轻一触，都会抖动三分；她曾如年轻造物主般泰然自若，脑中满是图案，每个图案都浪漫柔美至极，无与伦比。绯红斗篷，银色宝剑，都不够奢华，不够纯粹，不足以勾勒那灼热似火的真性情。上帝啊，她在心底呼喊，青春的热血汹涌地在她内心激荡，那样才算不枉此生！艺术家的生涯，创作者的人生，用心审视，纵情感受；一瞥一扫，既能洞察近处秋毫，也能眺望远方天际。她还记得，墙上的斑驳黑影远比那投影之物更让她欣喜万分，也记得，她曾一边看着那雷雨交加的天空，沐浴阳光的郁金香，一边眯起双眼，努力尝试将它们与脑中各类图案牵线搭桥。

于是，她曾一连数日怀揣着炽热的情感，秘密做着准备，尽管她从未拿起画笔，在画布上画过什么，只是一味沉醉幻想，寄情未来。每每心头火焰愈燃愈弱，她愈萎靡低落，愈是感慨平常生活何等闲散无聊。瞥见人生如此，了无生趣，她毫无理由地感到惊恐万分。每一次火焰渐微、火苗低垂，她都提心吊胆，害怕火焰将就此熄灭，永不复燃，而她则将被抛弃在一片寒冷的黑暗之中。她不曾料想死灰尚有复燃之日，此时花环般繁复的节奏再次涌上心头，而阳光则照亮她的周身，温暖如重新升起的朝阳，炽热闪亮的星星；她挥动羽翼，再次腾空而起，平稳地飞在空中。她所过的，便是如此极端的生活，时而如痴如醉，时而沮丧消沉。但这一切无人知晓，未曾有一星火花跃出表面，露出半点端倪。

或许是直觉告诉她，自己那些不成体统的秘密切不能对人说起，她知道自己的父母向来对她宠爱有加，可惜见识有限，他们若是听闻女儿如此告白，自然是朝她笑笑，拍拍她的脑袋，然后彼此互换眼神，明眼人都看得出，那眼神无非是在说："这就是我家的漂亮鸟儿！哪日来个翩翩少年，这些想法自然便都打消了。"亦或许是艺术家珍视私隐之心让她始终对此守口如瓶。她乃无比温顺之人，在家会帮着母亲跑腿打杂，采摘薰衣草，把它们铺在一大块布料上，然后制作薰衣草荷包，放于被单隔层；她还会为瓶瓶罐罐的果酱贴上标签；为家中的哈巴狗梳理毛发；饭后主动拿起十字绣开始忙活。相识之人都羡慕她的父母有那么一个乖巧的长女，其中不少人都看中她，想让她给他们做儿媳妇。但据说这个朴素有序的家庭还保有一丝野心，也只此一份，毕竟德博拉的父母人到中年，家中儿女成群，相较追名逐利、攀附权贵，他们更愿意安守平淡田园生活，但是对于德博拉，他们却有着截然不同的期许：德博拉，理所应当，定要许配给一个大好青年，但若对方事业有成，她或许能为夫君分忧解难，增光添彩——那自不必说，便是更好。当然，这些想法他们定是不会跟德博拉说起，毕竟强人所难并不可取。

斯莱恩夫人再次起身，将椅子往前头有太阳的地方挪了一挪，阴影开始四处蔓延，愈发让她脊背一阵寒凉。

她记得，家中长兄当时远在他乡；他年方二十三，和其他的年轻男孩一样，离家远走，闯荡四方。她时常纳闷：年轻男孩出门在外都有何作为。她想象着他们或笑或闹，行走八方，来去自如，拂晓时分阔步空街冷巷，抑或招呼双轮马车一辆，飞奔疾驰至里士满；他们和素不相识之人谈笑风生；进出商店，光顾剧院。他们组建俱乐部——还不止一个。他们任由街角暗处的轻浮女子挑逗勾引，不顾理智廉耻拥之入怀，尽享一夜欢愉。他们无论做什么，都一副玩世不恭、自由不羁的架势，回到家中，也无须交代自己的所作所为。再者，男人大都天马行空爱自由，因而他们时常意气相投，这和女人间的"情投意合"有着天壤之别，女人之间少不了窥探隐私、各揭伤疤，说些家长里短、淫词秽语。但即便德博拉意识到她和长兄之间命运的差异，她依然沉默不语。相比长兄见多识广、机会海量，她自觉狭促憋屈也是无可厚非。若他立志苦读，涉足法律界，众人必会对其大加赞赏，拍手鼓劲；而立志成为画家的她为何非要躲躲闪闪，迟迟不敢告知众人，反而畏首畏尾，暗自策划着乔装和逃跑，以此作为慰藉？此间的差异自不必说。然而所有人似乎都对一事心照不宣，颇为认同，因而此事甚至从未被提起：女人只有一种职业可以选择。

那日，霍兰德先生和德博拉在湖畔散步，之后便携她共赴她母亲处提亲，自从那刻开始，她便已认清此番认同坚不可摧。她一直是家中宠儿，但他人向她投来的赞许之光从未如此灼热。这令她想起了意大利壁画，画中天堂开启，犹如扇骨的万丈金光乍现天空，永恒圣父带着一身光辉飘然降临，凡人皆伸出十指，乞求圣父慈光，以暖心灵，仿佛在炉火旁取暖一般。如今，在她自己和父母——先且不说旁人——眼中，和霍兰德先生订婚算是完成了一项皆大欢喜的壮举，而事实上，她只是满足了众人对她一向的期待；此举在极大满足众人之余，更是成全了她。突然之间，她发现众人对她有诸多期许。人们期待：他在的时候，她必须喜极而颤，他若不在，她便得黯然销魂；她（谦卑的）存在是为了让他更好地实现远大抱负，只此而已；她必须觉得他是世间最了不起的男儿，正如她必须觉得自己也是人人称羡的女子，此番赞美他人都欣然给予。这些期许如此一致，以至于她自己都差点儿相信它们都是真的。

这样也挺好，有那么几日，她会让自己畅玩一把"假想游戏"，幻想自己无须大费周章便可逃离这一窘境，毕竟她才十八岁，再者，受人称赞——尤其是受敬畏爱戴之人称赞——总是让人欢喜。但没过多久，她便发现无数蛛丝一般的缕缕细线将她的手腕和脚踝重重缠绕，而每根细线的另一端竟直达另一人的心房。那是父亲的心，还有霍兰德先生的——她已试着唤他亨利，尽管依然不太习惯——而母亲的心也许是铁路的终点站，那么多闪亮的丝线飞射而入，带着骄傲、宠爱、宽慰、母性的焦虑，以及女人天生爱小题大做的本性，消失在视野之外。德博拉站在原地，感觉浑身被束缚，困惑无措，不知接下去该做些什么。她傻傻地站着，自觉蠢笨如"五月皇后"，任凭身边彩带飞舞缠绕，这时她依稀看到远处地平线冒出一群人，他们手携礼物，纷纷朝她走来，好似诸侯进贡一般。亨利手持一枚戒指——将之戴上她手指的仪式可谓重头戏；她的姐妹们带来了一只化妆袋，是她们凑钱买的；而母亲带来了足够给船只装帆的各色亚麻织品：桌布、餐巾、毛巾（手巾和浴巾）、茶巾、厨用抹布、储藏柜遮布、防尘罩，当然，还有床单，打开后才发现都是双人的，上面全部绣着字母组合图案，第一眼无法辨认，直到拿到跟前、定睛细看，德博拉才发现是字母"D"和"H"。这之后，她便迷失了，迷失在丝绸、锦缎、毛葛、羊驼绒的泡沫和巨浪之中。与此同时，女工们围在她身边，或跪或伏，嘴里噙着别针，而她则按照吩咐站起来，转过身去，弯曲手臂，再次伸直，又按照吩咐仔细踏出一小步，好让裙摆撑开，在地板上摆成圆圈状，并在胸衣收紧时尽量忍着些，因为内衬裁剪得小了一点。她貌似总感觉疲惫不堪，而身边众人还不停将职责义务加于她身，整日围着她团团转，直到把她绕得晕头转向，分不清此刻的自己是站着还是像陀螺般旋转着，他们让本已疲惫不堪的她精疲力竭，以此来表达对她的喜爱。而光阴似乎也成了同谋，不怀好意地缩短着每日的时光，众人便可堂而皇之地催促她，在她眼前，时光俨然化作雪片般飞来的片片纸条、棉纸，以及亨利吩咐花商每日为她送来的白色玫瑰。而自始至终，犹如暗流一般，他们当中年长一些的妇人都似乎守着一个心照不宣的秘密，她们的微笑和眼神也因此显得意味深远、耐人寻味，她们心知肚明：德博拉必须在这甜蜜的忙碌中省下些力气，好应对将来等着她的更大挑战。

的确，婚礼前的这几周俨然成了庆祝神秘女权主义的盛大仪式。德博拉从未想到自己有朝一日会被如此多的女性围绕。若是母权盛行，地球上的男人们或许会变得微不足道，连亨利都可以忽略不计。（但他就在那儿，尽管不为人注意。她不禁想到：底比斯母亲在把女儿作为贡品送至牛头怪弥诺陶洛斯处之前，是否也会如此考验磨炼她。）女人们从四面八方蜂拥而来：姨母、舅母、姑母、伯母、婶母，堂姊妹、表姊妹、女友们，女裁缝，女胸衣商，女帽商，甚至还有一个年轻的法国女佣，以后专门服侍她一人，女佣好奇地凝视着自己的新主人，仿佛这位主子便是众神默许的天选之人。而此刻，德博拉又多了一份他人的期许——她必须在这些仪式中扮演一个最复杂的角色。她被要求谙熟其中门道，但此中神秘精髓从未有人告知于她。她必须接受他人面带微笑的祝福，然后被他们称呼为"我的小德博拉！"德博拉怀疑这一称呼里少了形容词"可怜"纯属偶然，它被遗漏在人们漫长的拥抱中，在人们的一片慈言善语中与她作揖告别。哎，她心想，女人何必为了婚姻如此兴师动众呢！但转念一想，又有谁能怪罪她们呢，毕竟回想起来，婚姻是女人这辈子唯一一件需要大张声势操办的事情。尽管旁观者反倒比当事人更为激动，但却也无妨。女人这一生，不就是为了这些吗？从呱呱坠地，到穿衣打扮（甚至浓妆艳抹），再到接受教育——如果像这样教者有意、学者无心的过程也可被称为教育的话——再到被守护、被隐瞒、被暗示、被束缚，被压抑，所有这些，难道不就是为了在某时某刻，嫁做人妇、侍奉夫君吗？

但她究竟要如何侍奉他呢，德博拉毫无头绪。她只知道，对于眼前这人人倾羡的大好机缘，她是全然陌生的。她觉得自己并不爱亨利，但即便爱他，她也完全没必要为此放弃原本独立的生活。亨利是爱她的，但从未有人让他放弃过他的自我。相反，娶她为妻在亨利看来只是锦上添花。他依然可以和友人共进午餐，前往他的选区游说，在下议院工作一整晚；他依然可以继续他那为男性所独享的自由多彩的生活，他甚至都不用戴上婚戒或是改动姓氏以示身份的改变。但是每当他想回家时，她必须在家守候，放下手中的书本、报纸抑或信件；她必须时刻准备好倾听他所说的一切；她必须热情款待他的政界友人；即使他召唤她去地球的另一端，她也只能跟随。好吧，她心想，这让她想起了路得和波阿斯，倒是颇合亨利心意。当然，他会在她身旁，按照他的理解，扮演好他的角色。当她穿针引线，忙于女红之时，他会挨着坐下，含情脉脉地看着她埋头刺绣，表达他何等幸运，能娶娇妻如她，整日在家为他守候。尽管他贵为内阁大臣，但他说话的语气和其他人家的丈夫别无二致，无论对方是中产阶级或只是普通劳工。而此刻她必须抬起头来，显出一副受宠若惊的模样。身为总督大人，他位高权重、高贵显赫，必然容易招蜂引蝶，惹得其他女子想入非非，而面对甜言蜜语，除却必要的社交礼仪，他一概充耳不闻、不予理会；他一直忠诚于她，确保嫉妒之心不会如绿蛇一般游至她的脚下。而他则会加官晋爵，收获无上荣耀，看着地上随行多年的小小黑影冠冕加身，对影成双，感到由衷自豪。然而如此情形之下，哪里容得下一间画室？

要是亨利晚上归家，却发现房门紧锁，那可不行。要是亨利的墨水或是吸墨纸用完了，急匆匆地跑来，却听说霍兰德太太正对着模特作画，那可不行。要是亨利受命前去某一偏远殖民地担任总督，却得知自己很不走运，因为绘画大师必须留在伦敦，那可不行。要是亨利想要再续子嗣，她却宣称自己刚投身于一项特殊的研究，那可不行。在这个对她期许满满的世界中，妄想自己和亨利拥有相同的权利，那可是万万不行，因为婚姻并未授予她这些特权。

但是婚姻的确授予了她一些权利，德博拉走进卧室，拿出她的祈祷书，并翻开《婚姻手册》，里头规定女人必须生儿育女——呃，她知道这个，她的一个朋友以前告诉过她，在她还没来得及捂上耳朵之时。里头规定女人对待夫君必须细心周到，亲切乖巧，忠贞不贰，言听计从；为人妇者，必须虔诚圣洁，克制持重，平静和顺。如此措辞在某种意义上，无疑皆是典型的议会辞令，但和现实确也不无关联。于是乎，她再次感慨：如此体系之中，哪里容得下一间画室？

亨利一向谦恭迷人，此刻对她爱意正浓，因而当她终于鼓足勇气，问他成婚之后是否会反对她作画之时，他一脸宠溺地笑了笑；反对？当然不会！在他看来，女子习得一门优雅技艺自是最好不过。"我坦言，"他说，"所有女性技艺中，钢琴最得我心，但既然你另有天赋，亲爱的，那我们竭力尝试一番也无妨。"他接着又说，若一路上，她能以画笔记事、描摹沿途风景，对他二人都大有裨益。他还提议可将水彩素描结集成册，来日在家可供亲友观赏。但德博拉表示这并非她意，她心中所想远比这正经严肃许多，她说归说，其实心早已提到嗓子眼了——他又笑了笑，愈发温柔深情、怜爱宠溺，来了句：来日方长，今后大有时日来考虑此事，但于他个人而言，他更希望婚后她能找到更多其他消遣，助她打发时光。

这下她顿时陷入了困境，心乱如麻，她完全明白他此话何意，痛恨他犹如主神朱庇特一般冷漠超脱，高高在上，痛恨他表面深情款款，实则自命不凡、自以为是，痛恨他假惺惺地故作体贴，最可恨的是她无法怪罪于他，因为他本无过错，他只是理所当然地接受了他有权享有的一切，于是乎，他加入了那帮女人的行列，一起联手合谋，骗取了她本想选择的生活。

她固然天真幼稚、犹豫迟疑、后知后觉，但她好歹明白这次谈话意义重大。他就此已给出了答案，她至此不会再多问一句。

而她也并非女权主义者。聪明如她，断不会一味沉迷于如此奢念，毕竟所谓的迫害殉难只是假想。她与理想生活之间的隔阂并非男女间的嫌隙，而源于实干者和空想者的差异，只是恰巧她是女人，而亨利是男人，而她也承认，身为女人，境况的确更为艰难。

这回斯莱恩夫人干脆把椅子挪到小院子中央了。热努隔着窗户见她此状，于是拿着一条毯子奔了出来，"夫人，您可别受凉了。可惜老爷已经不在，他若见到夫人受凉，会说什么呢？他对夫人您可一直是悉心照顾的呀！"

是啊，她嫁给了亨利，而亨利一直对她关怀备至，尽力不让她受寒着凉。他对她的照顾无微不至，而说实话，她也一直过着备受呵护的生活。（但那是她真正想要的吗？）无论在英格兰、非洲、澳大利亚，还是在印度，亨利一直煞费苦心，就为让她少受麻烦侵扰，或许是因为她为他放弃了独立自由，他便以此种方式给予补偿。或许，亨利——颇为奇怪的想法——早已意识到了许多，只是不便承认罢了。他有意无意地试着用一条条毯子、一块块垫子，熄灭她内心的憧憬与渴望，犹如将一颗破碎的心灵置于一床羽毛褥垫，哄其入眠。总有仆人、秘书、侍从围绕在她身边，颇似船上的护舷，保护着船只，防止船只过于猛烈地撞击码头。而事实上，他们常常越权，全然出于对斯莱恩夫人的一片真心，欲竭力守护她、保全她，毕竟她如此温柔而勇敢，如此谦逊而柔弱。她的脆弱易唤起男人怜香惜玉的骑士风度，她的谦卑浇灭了女人对同性的敌对排斥，而她的美好心灵为她同时赢得了二者的尊重。至于亨利自己，尽管他常与诌媚的漂亮女子眉来眼去，不时俯身调情，轻浮之举令斯莱恩夫人痛苦不堪，然而在他眼中，世间女子千千万，无人可与她相比。

她裹着这条某种意义上更像是亨利放在她膝上的毯子，正思量着他俩之间的交流到底有多密切；她审视着二人的感情，心头袭来的一丝寒意不禁吓了她一跳；而让她意外的是，这丝寒意神奇地将她带回了过去的某段时光，当时的她暗自谋划，想瞒着父母，追寻另一种生活，这种生活虽为传统所不齿，但在本质上又保有严苛而难得的真诚品质。彼时的她直面人生，显然需要最冷静的头脑、最清晰的思量；而今日的她直面死亡，再一次需要毫不避讳、真情实感地估量人生的价值和意义。可惜从彼时至今日，中间的那段时光只剩下苍茫一片，过得是浑浑噩噩、恍恍惚惚。

尽管她自觉恍惚迷茫，但旁人却不这么认为。他们会将二人的婚姻视为完美姻缘，视她为完美的妻子，而亨利则是完美的夫君。他们会说他二人眼中除却彼此，从来容不下别人。他们如此艳羡他二人，羡慕他俩执手成就荣耀体面的事业，合力共建卓越兴旺的家族。他们也会怜悯她如今独留人间，孑然一身，但转念一想，一位年届米寿、有过完满人生的老人已此生无憾，没有半点可怜之处了，她或许会在余生期盼着那一天的到来——到时候她的丈夫将青春复现，佩戴花环，身着长袍，在彼岸伫立等待，欢迎她的到来。他们会说她有着幸福的一生。

但问世间何为幸福？她幸福过吗？不知是谁创造了这个怪异的、含有搭嘴音的单词——它的意思在整个英语国家中都十分明确——这个怪异的、含有搭嘴音的单词里有一个短元音和两个吐气"p"，结尾还有一个别致的、略微上扬的"y"，短短两个音节，涵盖了整个人生。幸福。但是一个人常常此刻幸福，而两分钟后便不幸福了，幸福与否，皆毫无缘由，那么究竟它所指何意？但凡它确有所指，它便意味着某种不安的欲望，渴望黑即为黑，白即为白，黑白分明；它意味着在险象环生的生命丛林中，渺小的爬行生物在某种套路规则中寻求慰藉。无疑，总有一些时刻，人们会说：那时我是幸福的，接着又更笃定地说：那时我是不幸福的——比如，在小罗伯特躺在灵柩之中，为他恸哭的叙利亚女仆将玫瑰花瓣撒在他身上的时候——但整个地区的人当时都横加阻拦，这都是实情。那些问她是否幸福的人，简直荒谬至极。这好似有人在问一个跟她本人无关的问题，且用来表达问题的措辞也和那变幻莫测、难以琢磨但却绚烂无比的人生游戏无半点关联；这无异于想把一湖之水灌入坚实的硬丸之中，绝无半点可能。而人生就是那湖泊，斯莱恩夫人心想，此刻她已坐在南墙之下，沐浴在桃子的芬芳之中；湖面平静如镜，倒影无数，阳光为其镶金，月色为其镀银，云朵一片，四下陡然暗淡，浪花一朵，引来涟漪阵阵；然而湖面始终坦荡如砥，边界分明，让其卷曲成坚实硬丸，抑或蜷缩至股掌之中，皆为无稽之谈，而这恰是人们所为——问及某人此生幸福与否。

不，不该问她这个问题——不该问任何人这个问题。世间之事本非这般黑白分明。如果当时他们问她是否爱过自己的丈夫，她定会毫不犹豫地回答：是的，爱过。她的答案始终如一，从未随时间改变，不会说：那一刻我爱他；而另一刻，我不爱他。对爱的强调从未改变。她对他的爱犹如笔直的黑线，贯穿她的生命；此爱曾伤害过她，摧残过她，让她变得卑微渺小，但她始终无法抽身逃离。她身上无关亨利·霍兰德的每一块肌肉、每一个毛孔都拉扯着她远离那条黑线，而唯有心中强烈的爱意一把将它们全都拽回，好似拔河游戏里，把势单力薄的对手拉过中点。她的抱负和追求，她隐秘的生活全都失去了。她爱他至深，以至于心头怨恨消融瓦解，连被迫做出的一切牺牲，也无法怪罪于他。但她也绝非那类一味付出还甘之若饴，甚至否认自我牺牲的女性。她年轻时候的憧憬念想与这份爱水火不容，而她明白，放弃了前者意味着失去了无比珍贵的理想价值。这便是她为了亨利·霍兰德所付出的，而亨利·霍兰德对此却一无所知。

终于，她可以回头追忆那时的亨利和她自己，更可贵的是，她终于可以客观地审视他，不必害怕背上不忠不贞之名；她终于可以卸下往日里那几近疯狂的忠贞之担，然而爱的苦痛在记忆中未消散半分。她犹记当年迷信地向上帝祷告，愿上帝保佑亨利·霍兰德平安幸福，尽管她对上帝的信仰并不坚定。她的声声祷告，稚气而诚挚，祷词恰如其需。"哦，上帝啊，"她夜夜祈祷，"请照顾好我的挚爱亨利，让他幸福，保他平安，哦，上帝，请保佑他远离一切危难，远离所有疾病或意外，请替我庇佑他，我爱他胜过天地万物。"她如是祈祷，夜夜如此，每祷告一次，祷词即刻重拾威力；当她轻声说"保佑他远离一切危难，远离所有疾病或意外"，她仿佛看到亨利被马车撞到，或是身染肺炎，气息奄奄，画面如此真切，仿佛这些灾难正在眼前上演；而当她低语"我爱他胜过天地万物"，她每到夜晚时分便忧心忡忡，担心把神灵牵扯进来会被视为大不敬，会不经意间冒犯某个爱妒忌的神仙，毕竟将亨利捧为对她而言比天地更为珍贵之人，无疑就是对神灵的亵渎——这中间牵扯到的上帝本尊正是她要宽慰讨好的对象——此般亵渎远非她本意。但她依然罔顾事实，坚持祈祷。亨利于她而言，远比天地万物更为珍贵。他甚至成功地诱导她，让她相信他比她那些抱负追求更为珍贵。她会选择对上帝开诚布公、直言不讳，毕竟上帝（如果真实存在的话）必能明白她的心意，无论她是否会在祷告中如实相告。因而她还是夜夜祷告，希望上帝而非亨利·霍兰德能够听到。祈祷让她宽慰舒心，每每祷告之后，她便能安然入眠，坚信至少接下去的二十四小时里，亨利的平安会有保障，而二十四小时则是她为自己的祷告界定的起效时间。而在她记忆中，亨利·霍兰德被视为珍宝，但此宝之养护，即便有她秘而不宣的劝解宽慰相助，依然充满艰险，困难重重。他的事业一路高歌猛进，与她渴求的世外桃源般的生活相去甚远！她宁愿他只是一名荷兰郁金香花匠，日子过得井井有条，最大的烦恼不过是纠结如何给幼苗施肥，与此同时，藤笼中的鸽子咕咕叫唤，在阳光下展开羽翼；而现实中，游行队列中总有他的身影，不是被炸弹威胁，就是需骑象出入印度诸城，时常公务繁忙、仪式缠身，与她相隔两地；而当伦敦，巴黎，抑或华盛顿这些首都城市暂无战事，人身安全有所保障之时——作为国家的伟大公仆，他便又回国工作，抑或接受和平使命，出访海外——而此时她又要时刻警觉，以便满足他其他的需求：当他因一时挫败，亟需慰藉之时，她必须迅速察觉，及时安抚；有时他眼神呆滞，不由自主地走到她跟前，瘫坐在椅子上，意志消沉且一语不发，等待着索取（如她所料）她那温柔的呵护，然后将其像斗篷一般围于脖间；然而所有的关怀抚慰切不可直言挑明，她必须让他重拾信心，坚信政府的阻挠与对手的反对全都源自他们的短视和嫉妒，而非他自身的无能；同时也不能让他发觉自我怀疑的心思早已被她猜中，否则她所有的安抚努力都会前功尽弃。当她完成这一壮举，帮助极度脆弱敏感的他重建坚强内心乃至刚强外表——当他离她而去，斗志昂扬地重返政治舞台——她却早已精疲力竭，瘫在一旁的双手可以为证；她的内心空虚却甜蜜，仿佛所有的精力元气都被抽离体外，注入另一人的静脉，于是，她感觉自己不断下沉，直至被完全淹没，不禁好奇是否这便算是触及了喜悦的巅峰。

但即便如此，这番爱的表白，以及对其间微妙需求的追忆，经过大脑的筛减与简化，显得苍白模糊，无法令她满足。那句"她爱过"，虽无可争辩，却依然可被无限复杂化。那个付出爱的她，即句中的主语"我"究竟是谁？还有亨利，他又是何许人也，或者说他究竟是什么？或许只是在时间和死亡的现实威胁下，愈发显得弥足珍贵的肉身的存在？或者这所谓的肉身存在只是一个可被感知的外在投射，一个可被称为"他自己"的符号。而在他和她的肉体符号之下，无疑还隐藏着一种叫作"自我"的东西，但那个"自我"实在难以琢磨；被困在过于熟悉的嗓音、名字、外表、职业和境遇之下，它变得混沌模糊，就连对"自我"的瞬间感知都变得迟钝迷茫。而一个人身上往往存在诸多自我。那个和他在一起时的自我绝非她独处时的自我；即便是那个孤独的自我，那个她一直追寻，为之改变，但一旦靠近马上消逝不见的自我，她也永远无法将其驱赶至黑暗角落，像黑夜里的盗贼一般，一把掐住它的脖子，摁在墙上，直到那个自我的中坚内核被驱赶而出，仓皇逃窜在深夜小巷。那些用来掩盖她所思所想的话语不过是另一种假象；没有任何一个词可以像一根石柱或树干那样单独存在，它们必须即刻伙同其他词语，相互交错缠结，形成联想无数。而所谓的事实真相也似乎如"自我"一般难以捉摸，变化莫测。一个人只有在无言的恍惚状态下，才能有大彻大悟，在这种超脱肉体的状态中，全身上下，只有指间的刺痛让人犹记肉体的存在，只剩下不知名号、无关语言的影像浮现在脑海。她估摸着，这种状态与埋藏在心的那个自我最为接近，但这种状态与亨利毫不相关。是否正因为此，她才选择了退而求其次，欣然接受这份爱？虽然爱得痛苦，却可因此获得与亨利相伴的错觉。

但她毕竟是个女人。虽然无缘成为艺术家，但是否可能在其他方面寻求自我满足呢？女人必须侍奉夫君这一广为流传的观念是否真的有理有据呢？莫非前人是对的，而她的个人努力皆为错误？她的确对亨利百依百顺，但在这显而易见的百般顺从中，就再无美好、积极抑或新鲜之处了？尽管她与亨利的关系犹如高空走钢丝，难道作画会让她失去平衡，使这段关系陷入险境？难道与他相伴的日子真的再无色彩，再无可能像观赏风景画中的蓝紫阴影那般洞见生活中的色调及半色调吗（就这样将它们联系起来，规定它们的价值所在，从而发现其中的美）？这不也是一种特别适合女性的成就吗？的确算是吧，毕竟单靠女性便可达成；算是一种优势，一种特权，不应遭到鄙视。她心中的女性自我齐声高喊，是！但艺术家自我却反对曰：非也！

再者，富有新教徒精神的女性难道不是正在骗取世间残存的一丝陶醉，一丝幻觉吗（这种做法也许愚昧至极，却令人愉悦）？这一回她心中的女性和艺术家自我达成一致，一同答曰：是的。

她还记得以前结识的一对年轻夫妇——丈夫是巴黎大使馆的秘书，当时身为大使夫人的她，每次去大使馆都由他们接待，那时的他们还很年轻，也很谦恭有礼。她知道他们都很喜欢她，但与此同时，却总感觉自己的每次拜访都是对他们的打扰。直觉告诉她，他俩彼此深爱，因而格外珍惜一起相守的岁月，哪怕被人占用半个小时也是百般不情愿。而对她而言，这样的拜访痛苦不堪，但她还是忍不住接近他们，一方面是出于喜爱，另一方面是想借二人举案齐眉之景，扒开自己的伤疤。每每离开之际，她总会喃喃自语道："神照着他的形象造男造女。"而有时她觉得自己上了当，被骗入了这段和亨利的婚姻，以至于人生的负担变得如此繁重，她甚至希望一死了之。她不是说说而已：她是认真的。她太诚实，所以才会在欺骗的重压下格外痛苦。这对小夫妻虽刻板无趣，却不乏可爱之处，她时常渴望能拥有一段感情，能像他俩的关系那样简单、自然、适合。她羡慕亚力克能站在炉火前，摆弄着袋中硬币，把它们碰得叮当直响，一边痴痴看着沙发上的娇妻蜷成一团。她羡慕玛奇能全然接受亚力克的一切言行，并从不质询、深信不疑。然而羡慕归羡慕，男方身上令人难以忍受的颐指气使让她颇受冒犯，而女方身上卑微的恭顺忍让也使她深感厌恶。

那么真相到底为哪般？亨利出于爱的冲动骗她放弃了她选择的生活，但与此同时也赋予了她另一种生活，这种生活丰富充实，她若愿意，大可借此见识更广阔的天地；抑或整日养儿育女，半步不离育儿室。而在她的现实生活中，亨利满心都是争权夺利，他看中孩子们的天赋潜能远胜过他们本人。他本以为，无论哪种生活，她都会沉浸其中，感到同样快乐，却没想到她其实更愿意做回自己。

于是她有点默许了。她记得她默许着将自己的希望投射到她的孩子们，尤其是儿子们身上，好像他们的存在远比她自己更重要，而她只是孕育他们的工具，只为了在他们弱小无助的岁月里，为他们遮风挡雨。她还记得生凯时的情景。她想给他取名为凯，只是因为在生产前，她一直在读马洛里的书。在这之前，她的儿子们都自动继承沿用了家族姓氏——赫伯特，查尔斯，罗伯特和威廉——但出于某种原因，到了第五个儿子，突然就问起了她的意见。当她提议取名为"凯"，亨利并未反对。他当时心情不错，只听他说："就按你的意思吧。"犹记得，当时的她虽还有些虚弱，但依然打心底里觉得亨利宽厚大度。她低头望着新生儿皱巴巴的小红脸——尽管这已是她第六次为人母，重复经历五回后，她早已看惯了这般皱皱的小红脸——她开始感觉肩头担子沉重，养育这个无法自己选择姓名的小家伙，就好比打造一艘战舰，只是用的不是甲板和枪炮，而是神奇的血肉和头脑。叫一个孩子凯对他来说公平吗？这名字好似一个标签，让他永远处在持续却隐形的压力之下。常言道：人如其名。但至少凯长大成人后没有过分浪漫，当然他的性格跟他的几个哥哥和姐姐也无半分相似。

但在她所有子女中，只有凯和伊迪丝遗传了她的部分性格——凯的眼中只有罗盘，而伊迪丝整日迷迷糊糊。卡丽的性格最让人省心，她特立独行，凭借一己之力出人头地。赫伯特身为长子，他出生时可谓万众瞩目，但也有诸多波折。威廉儿时就吝啬刻薄，寡言少语，一双眼睛小得可怜，从小便很贪婪，彼时喝奶就如饿虎扑食，生怕少喝一口，如今他和拉维妮亚可谓天造地设的一对，在当地乳品店也是想方设法占尽便宜，锱铢必较。查尔斯出生时就吵吵嚷嚷，一如现在的他，只不过那时他还不知陆军部为何物。伊迪丝出生时，被拍了屁股才哭出声来，她这一辈子，自始至终都过得浑浑噩噩，稀里糊涂。但事实却令人意外，众子女中只有凯和伊迪丝与她心灵契合，其余几人都是亨利的孩子，虽然他从不把精力放在他们身上。然而当她的孩子们还是婴儿时——小小的身体只能卧躺，过于幼小虚弱，若是想让他们坐起来，安全起见，还得托着他们惹人担心的小脑袋——为了弥补她失去的独立自由，自从孩子们那随着脉搏噗噗跳动、看起来颇是瘆人的囟门渐渐闭合，自从他们的生命不再如此危如累卵、朝不保夕，自从她无需奶妈陪伴，独自一人即可俯身查看摇篮中的孩子，不再担心他们会突然没了气息，她便竭力向前展望。她盼望着有一天她的孩子们能发展自我个性，能不受父母影响，持有自己的主张，能为自己制订计划，做好安排。但即使这样，她依然倍感压抑和挫败。"等到他开始在学校给我们写信，"当他们一起站着望向躺在婴儿床中的赫伯特时，她对亨利说，"我们该有多开心啊。"亨利定是不喜欢她这番话，她立马觉察到他沉默的责备。在亨利看来，任何称职的女人都宁愿她们的孩子脆弱无助，一想到孩子们终有长大成人的那天，便会顿感落寞，哀叹不已。在她们眼中，婴儿服应当好过罩衫，罩衫则强于短衬裤，而短衬裤又完胜长裤。亨利对于女性和母性有着一套固化的、深受男权思维影响的观点。尽管私下里，他看着渐渐长大的儿子们颇为自豪，但他甚至会假装对自己说，至少到目前为止，照顾他们还全然是母亲的责任。所以自然而然，她只能努力采纳那些观点。赫伯特两岁时，家中至宠的位置让与了卡丽；而卡丽一岁时，这一位置又让与了查尔斯。众所周知，小婴儿一直是她挚爱的宝贝，因为这是世人对她的期待。但所有这些都并不属实，她始终明白，孩子们的自我就像亨利的自我，或是她自己的自我一样，与她相去甚远。

她脑海里漂浮的尽是些骇人听闻、怪异反常的想法："要是我从来没有结婚该多好……要是我从来没有孩子该多好。"但她爱亨利——爱到痛彻心扉；她爱她的孩子们——爱到多愁善感。她时常在心中编织着对孩子们的看法，偶尔在私下谈话和深入探讨时，会向亨利吐露。赫伯特以后不会成为一个政治家吧？她说，因为之前他（十二岁时）问过她当地政府的相关问题。而凯四岁的时候，曾恳请她带他去看泰姬陵。亨利会在一旁迁就她，任她细数各种稀奇古怪的想法，却始终没有意识到，其实是她在迁就他。

然而亨利的远大抱负终使她踏上一条荆棘丛生的道路，相比之下，所有这些都不值一提。亨利的世界观和她的格格不入。他们两个，一个现实主义者，一个理想主义者，分别代表了观点极端对立的两派，差异在于，亨利对于自己的信仰毫不避讳，但她却必须小心守护自己的信仰，生怕遭人羞辱和嘲笑。然而她再一次迷惑了。有时候，她也会兴奋地参与到亨利一直在玩的伟大游戏中；尽管她一直想成为艺术家却求而不得，但依旧悲情地在内心深处向往艺术家的理想生活，然而她有时候会觉得，艺术家们孤僻、专业、紧张却依旧美妙的生存状态，与帝国、政治和男人间的争斗等阳刚气十足的事业相比，似乎显得可怜、自私，且过于脆弱。有时候，她于情于理都能理解为何亨利期盼说做就做的人生，而她自己却渴望沉思默想的人生。若世界被一分为二，他俩便是那被切割的东西半球。

3

纵使它还在呼吸，我们的这一生早已逝去

它便是死亡本身，踏上了朝圣之旅

迈着蹒跚的步伐走完了短短的第一程

——克里斯蒂娜·罗塞蒂

夏天过去了，十月的天气已透着一丝凉意，斯莱恩夫人不能像往常一样在花园里一坐便是几个钟头，但她必须呼吸新鲜空气，于是开始每天出门散步。热努总是用斗篷和毛皮衣饰将她包裹得严严实实，一路跟随她来到门口，唯恐斯莱恩夫人中途将她精心准备的御寒衣物丢落在大厅。眼看着热努将衣物从橱柜里一件接着一件地拽出，斯莱恩夫人也时有抗议："热努，你把我裹成这样，出去会被人笑话的。"热努一边将最后一个斗篷披在斯莱恩夫人的肩上，一边说："夫人如此高贵优雅，完全多虑了。""热努，你记得吗，"斯莱恩夫人边戴手套边说，"以前我每次出去参加晚宴，你总让我穿羊毛长筒袜。"是啊，只要天气稍稍转冷，热努就不情愿将丝袜拿出来配夫人的晚礼服。有时，在斯莱恩夫人的百般要求之下，热努也会无奈将丝袜拿出来，但最后总要让夫人先穿上羊毛袜，外边再套丝袜。"为什么不呢，夫人?"热努认真地说，"在那样的天气里，女人们，即使是年轻女子，也都穿上了厚实的长裙，里面还会套上过脚的衬裙。人为什么会感冒伤风呢? 往往是因为脚踝裸露在外，引起着凉。加之您是出去参加晚宴，晚上的天气就更冷了，因此您无论如何一定得穿上羊毛袜。"热努跟随着斯莱恩夫人下楼，口中滔滔不绝。自从离开了埃尔姆帕克街，离开了那些谨小慎微的英国仆人，热努变得明显健谈了。她跟在斯莱恩夫人身后，嘴里一刻不停，嗔怪中透着对夫人的珍视。"夫人现在比以前都要好，但如果能听老热努的话，她会更好。十月的头几天，天气转冷，人容易生病。夫人这把年纪，不应该再任性了。""等我寿终正寝的时候再说吧，热努。"斯莱恩夫人打断了她，才得以从英国式的悲观中脱身出来。

台阶上已经起霜了，斯莱恩夫人小心翼翼地下了楼梯，以防滑倒。她知道热努会一直目送着她走远，于是，走到转弯口，斯莱恩夫人便转身与她挥手作别。如果她忘记转身，热努内心会很受伤。然而，仅仅是转身作别，还远不能让热努放心，她要等到斯莱恩夫人安全归来，才会再次开怀。夫人回来时，热努会迎上前去，为她脱下靴子，换上拖鞋，卸下披肩，并端来一大碗热汤，之后便留她一人在客厅的壁炉前静静看书。热努满口谚语，声音沙哑，但生性喜乐达观，在生活的摸爬滚打中累积了一身智慧。斯莱恩夫人每每转身向她挥手时，热努也一样挥手道别。待她目送夫人转弯并朝着灌木丛生的汉普斯特德荒野慢慢走去时，热努便回到厨房，一边洗涮着锅碗瓢盆，一边还不忘和猫咪说话。斯莱恩夫人也时常听到她和猫咪说话。"来，我的小啵啵。"她常这么说，"瞧，多好的晚餐，全归你了。"说这句话时，热努用的是英文，因为她脑海里总有一种奇怪的想法，认为英国猫只懂英国话。一次，她听到窗外豺狼的嚎叫，继而向斯莱恩夫人说道："夫人，这豺狼也一样，人一下就能听出来它们不是英国的。"如今，她和热努的生活多么平静如水啊，斯莱恩夫人一边思忖着，一边慢腾腾地爬上小山，朝着荒野行进。是啊，她和热努，如今过着亲密无间、无人打扰的生活。她对热努的感激，热努对她的全心奉献，像纽带一般将两位年事已高的老人紧紧拴系在一起。谁会抛下另一方先走一步？两人虽然口上不说，心里时常会产生这样的念头。这层想法使得两位老人之间的关系变得愈加亲密。很少有客人来，每次送走访客，他们便心有灵犀地对视一笑，如释重负。日常平淡琐碎的生活，于她们而言便足够了——是啊，足够了，她们也只剩下这点精力了，再多费点力气，便会感到精疲力竭，虽然谁也没有向另一方坦承过这一点。

　　所幸，她们的访客并不多。起初是斯莱恩夫人的子女，他们出于责任之心轮番过来探望母亲，但他们中的大多数人都明确地告诉母亲来一趟汉普斯特德有多么不方便，于是，斯莱恩夫人便恰到好处地劝他们尽量少来，避免不必要的折腾。大多数时候，子女们都听从了母亲的劝告。聪明的斯莱恩夫人完全可以想象他们是如何安抚自己的良心的。"唉，我们原本就劝说过母亲，让她和我们一起住……"只有伊迪丝一人表示愿意常来，用她自己的话说，她是过来帮忙的。不过，伊迪丝如今在自己的公寓里怡然自得，推己及人，她深知母亲也并不十分需要她。凯有一阵子没来了。上次来的时候，凯坐立不安，支吾了半天才告诉她有一位名叫菲茨乔治的老朋友想过来拜访她。凯把火拨旺了些，若有所思地说道："我记得他说过在印度遇见过你。""印度？"斯莱恩夫人恍惚地应了一声，"是有可能，不过我不记得他的名字了。当时来者众多，时常一次午宴便有二十人参加。你可以稍加拖延吗？你觉得可行吗，凯？我并不想给人留下粗鲁不友善的印象，不过我已经不太想见陌生人了。"

　　原本，凯还想问他的母亲菲茨缘何在摇篮里见过他。

他此次造访汉普斯特德的目的便是解开这个困惑了他许久的疑团。见母亲如此回答，他便不再追问了。

斯莱恩夫人也不允许重孙辈来看望她。孙辈们已被排除在外，他们如同中景，已然不重要了。重孙们却并非无足轻重，然而，他们也许会搅乱她平静如水的内心，因此也被禁止探访。这一原则斯莱恩夫人坚持了下来。即便是最温顺的人，有时也会突然一反常态，显出让人费解的坚定和执着来。此刻的斯莱恩夫人便是如此。唯一的常客是巴克劳特先生，他每周过来喝一次茶。他们总是坐在炉火的两端，也不点灯，只见巴克劳特先生口若悬河，而斯莱恩夫人则静静地坐在一边，听或不听，全凭她当下的意愿。

荒野尽头，天地一色，在棕黄色树木的映衬下，尤为迷人。斯莱恩夫人选了一处长椅坐下歇息。放风筝的小男孩们拉着长长的风筝线奔跑在草坪上，只见风筝像笨拙的小鸟般腾空跃起，拖着脏兮兮的尾巴划过天际。斯莱恩夫人忆起早年在中国看到的放风筝的小男孩。这些年来，她遥远的异域记忆时常与她现如今的英伦生活纵横交叉，分辨不清，记忆如此真实，如此迫近，与她的现实生活时而融合，时而重叠，不由得让她也开始怀疑自己是否变得老糊涂了。现在的她是和亨利在北京近郊的一个山头散步吗？马夫则彬彬有礼，牵着他们的马儿与他们保持着一段距离。抑或她已垂垂老矣，身着黑色服饰，独自一人在汉普斯特德荒野的一处长凳上坐着歇息？所幸，高耸入伦敦天空的烟囱让她回过神来。她确信无疑，这些衣衫褴褛的小男孩是伦敦东区的，他们并非中国身穿蓝棉袄的流浪儿。她稍稍变换了一下坐姿，僵硬的四肢也无时无刻不在提醒她自己年事已高，全然不像当年与亨利一起骑着马踏上烧焦山头的那个年轻的她。她努力尝试着找回当年那种幸福的感觉，可惜那种感觉已一去不复返了。内心虔诚的声音从遥远的过去传来，如同熟悉的老旋律不可遏抑地徜徉于记忆的边缘。即使迟钝的身体已无法唤起壮年时的回忆，来自内心的声音仍用语言清晰传达了年轻曼妙的感觉。她只得喃喃自语聊以自慰，从前的她，一觉醒来便想从床上一跃而起飞奔出门，享受夏日晨露和旺盛的精力带给她的愉悦。从前的她，常常期盼着在一天的官方活动结束之后重新回到亨利的怀抱，她试图从感官上唤醒回忆，重温期盼，然而终是徒劳，留给她的只剩只言片语，所有的感受均已渐行渐远。此刻，唯一与现实有关的便是她与热努一起的生活，以及这一生活的日常点滴：后门传来的小贩的铃声，从穆迪图书馆寄过来的包裹，和巴克劳特的周二下午茶，是买松饼还是烤饼。此外还有因卡丽的到访而产生的焦虑不安，以及她抱恙的身体时不时产生的病痛，她甚至渐渐对这些病痛产生了好感。事实上，她的身体已成为她的伴侣，她时常需要关注它，那些年轻时微不足道、毫不在意的小问题，待到年老时赫然登堂入室，占据要位，变得专横跋扈起来。不过，在斯莱恩夫人眼里，它们亦有讨喜可爱的一面。想到这，一阵轻微的腰痛袭来。斯莱恩夫人从长凳上踉跄起身，忽而想到了她在奈尔维扭伤腰背的情形，自那以后，她的背就再也不如当初了。她对自己总是打架的牙齿也再熟悉不过，所以吃东西时总是小心翼翼，只用其中的一边咀嚼。她本能地弯曲了一下手指，是左手第三根手指，以免因长时间不动而引发神经性疼痛。斯莱恩夫人想到了热努，她因一个脚指甲内嵌而不敢轻易用鞋拔。身体所有这些部位，到了年老时，变得愈加私人化了：我的背，我的牙，我的手指，我的脚趾。当她一屁股倒在椅子上并随之发出尖叫时，也只有热努明白这突如其来的叫声的含义，正因如此，她和热努之间的纽带变得愈发紧密，如同熟知彼此身体的恋人一般。她如今的生活就是由这些微小的细节构成的：和热努之间的交融，对日益衰微的身体的关注，巴克劳特先生每周的殷勤造访，在冻得结霜的清晨看着小男孩们放风筝时的喜悦心情，以及生怕滑倒在门前结冰台阶上的焦虑，正所谓人老骨脆嘛。所有这些细微的小事，微不足道的小事，在死亡归宿的映衬之下，都显得崇高伟岸起来。她忆起一些意大利油画，上面画满了各种树木，杨树、柳树、桦树，姿态各异，茎叶分明，映衬在半透明的绿色天空之下。生活中的细小之事大抵如此，一如这些形态优美的树叶，一如她此刻的生活：看似无足轻重，却在永恒背景的烘托下让人肃然起敬。

每当她想起生活中已没有值得冒险的事，所有的冒险，都是为了最后一刻的死亡大冒险所做的准备，她便觉得自己很高尚，摆脱了琐碎的日子，摆脱了过分挑剔的生活。

然而，她作出了错误判断，她忘记了生命中的惊喜竟可以接连不断，甚至到了最后也是如此。那天中午，当她回家时，她发现一顶方方正正、略显奇怪的男帽放在大厅的桌子上。热努情绪略微有些激动，压低声音对她说："夫人！有一位先生，我对他说您出门了，让他先回去，但他不听，他在客厅里等您。我应该给他上茶吗？"

斯莱恩夫人回忆起她和菲茨乔治先生见面的情景。在此之前，菲茨乔治先生也一直在回忆他和斯莱恩夫人首次会面的场景。等了多时，见凯无意带他拜访他母亲，菲茨乔治决定将主动权掌握在自己手中，亲自造访斯莱恩夫人的住所。尽管家财万贯，菲茨乔治却节俭成性，一路坐着地铁到达汉普斯特德，又从地铁站步行至斯莱恩夫人居所，用他那鉴赏家的眼光把这所乔治王朝时期风格的房屋细细打量了一番，然后颇为满意地说："啊，这是一个有品位的女人住的房子。"不过他很快发现自己判断失误。当他不顾热努的阻拦，径直进屋来到客厅之后，菲茨乔治先生发现斯莱恩夫人完全没有品位。这一发现反而让他感到出奇高兴。热努很不情愿地带他来到屋内，室内装饰很简单，却让人感到十分舒适，他走了一圈，不由得喃喃自语道："包着印花棉布的扶手椅，灯具的位置也恰到好处。"一想到很快就要再见斯莱恩夫人本人，他便难掩激动的心情。但就在她进屋的那一刻，明眼人都能看出来斯莱恩夫人是一点儿也不记得这个菲茨乔治先生了。她礼貌地和他打招呼，言谈举止间又有了印度总督夫人的风范。她抱歉地说自己来晚了，告诉他凯提到过他的名字，请他坐下，并称茶很快会端上来，不过，她显然不明白菲茨乔治先生为何会登门造访。莫非来人是想给自己已逝的丈夫作传？菲茨乔治先生听她这么一说，顿时咯咯笑了起来，笑得斯莱恩夫人莫名其妙。菲茨乔治不知何从开口，其实半个世纪前在加尔各答触动他心弦的不是印度总督，而是总督夫人。

事已至此，菲茨乔治先生只好解释起来。当年，年轻的他手持政府的引荐信到达总督官邸，之后被敷衍着邀请出席一个晚宴。不过菲茨乔治先生倒也不觉尴尬，对于此类社交场合，他总能超然事外。他十分坦诚地交代了自己当时的情况，毫无掩饰或避讳。他向斯莱恩夫人解释道："当时的我是个无名小卒，只是因为我那身份不明的父亲留下巨额财产，才有了我周游世界的可能。父亲的遗愿便是希望我能周游世界，我当然很开心，既能遵从自己的内心，又能满足他人的愿望，何乐而不为呢？"他随即淡淡地说，"我的律师兼法定监护人见我能如此迅速地回应父亲的遗愿，对我作出了高度评价。对于那些终日在伦敦酒家浑浑噩噩消磨时光的老糊涂而言，一个年轻人若愿遵照父亲遗嘱，离开伦敦去往远东，实乃孝子之举。我觉得在他们眼里，沙夫茨伯里大街剧院的后门都比广州的集市更有看头，也更具吸引力。不过他们显然错了。斯莱恩夫人，我如今的藏品中至少有一半的东西都得益于我六十年前的那次世界之旅。"

斯莱恩夫人显然没听说过他的藏品，也就不好妄加评论。菲茨感到很高兴，这高兴劲儿和他进屋发现斯莱恩夫人并无品位时的那股开心如出一辙。

"斯莱恩夫人，我的藏品，论价值和名声，至少是尤莫福波洛斯的两倍。不过我为它们所花的钱，只有它们实际价值的百分之一。和绝大多数行家不同的是，我始终没有失去审美的眼睛。稀有、奇特、古董，这些字眼远非我所追求或钟情的全部，我追寻的必须有美感，或曰精致的工艺，而事实证明，我的理念和眼光都是正确的，如今，任何一家博物馆若是想陈列我的任何一件藏品，都需要调出他们最为珍贵的展柜。"

斯莱恩夫人并不懂这些，不过她被菲茨近乎孩童般天真的自夸海口逗得忍俊不禁。她继续鼓动着眼前这只讨喜的老鹊，这位美的收藏家。作为不速之客的他此刻坐在壁炉边尽情吹嘘，全然忘却他需向房屋主人解释登门的缘由——加尔各答的那场晚宴，他和凯的交情，仅此两样足矣。于斯莱恩夫人而言，她第一眼见到菲茨便感受到了他那超脱而自我的气质，那是一种魅力，而他无所依附的身份和随意起用的名字更是赋予他传奇的魅力。她这辈子已经受够了那些以世俗地位为通行证的人。菲茨乔治没有这样的证件，甚至连他的财富也不能被视作通行证，因为其俭省至极的做派会让最乐观的追名逐利之人都感到绝望。有意思的是，菲茨的俭省却丝毫没有冒犯到斯莱恩夫人，虽然她对儿子威廉颇有微词。威廉和其妻拉维妮亚天性贪娄膏啬却又鬼鬼祟祟，他们的这种膏啬是深入骨髓的。斯莱恩夫人记得当初二人订婚时，她便断定他们之间唯一的共通之处便在于此，但二人却遮遮掩掩，不愿承认，而菲茨乔治先生则截然相反，他深知自身的弱点且无意加以掩饰。斯莱恩夫人就喜欢这类敢作敢为、率真坦诚之人，而对虚伪之士则深恶痛绝。因此，当菲茨乔治先生说自己不愿花钱，只在受到无法抵制的美的诱惑时才肯花钱，且只在物有所值时才会心甘情愿地花钱时，斯莱恩夫人坦率地笑了，也坦率地向他表达了敬意。他坐在炉火对面看着她，而她注意到，他的大衣已破旧不堪。"我记得在加尔各答时你也笑了我。"他道。

菲茨似乎对发生在加尔各答的许多事仍记忆犹新。斯莱恩夫人夸奖他记忆好，菲茨则搪塞道："斯莱恩夫人，你还没注意到吧？年轻之时的记忆会随着年岁的增长变得日渐清晰。"他用的这个小小的"还"字让斯莱恩夫人再次笑出声来：他是在让她误认为自己仍葆有青春吗？没错，她八十八岁了，但男女之间的某种微妙联系竟依然还在。她依稀记得上一次的悸动已是多年前了，这回她再次感受到了内心的颤动，出乎意料，像火花忽闪，又似一场告别，唤醒了某种依稀可辨的旋律之回响。她从前真的遇见过菲茨乔治吗？抑或是他那老式的殷勤唤醒了她记忆中那些被男士们爱慕觊觎的岁月？无论是何种情况，他的到来搅乱了她平静的生活，不过她无法否认内心的悸动为她带来了些许愉悦感。他的目光告诉她，若她愿意聆听，他会毫无保留地向她坦承事情的来龙去脉。他走后的那个夜晚，斯莱恩夫人呆坐着凝视炉火，再也无心看书了。她试图忆起半个多世纪前那个夜晚的点点滴滴，可是回忆却可望而不可即。她不知被什么给撞上了，好似废弃许久的教堂里的破钟又重新被敲响，空谷里并未传来动人的乐曲，但寂寥的教堂内回声四起，响彻天际，惊动了巢里的椋鸟，震得蜘蛛网也颤动了起来。

第二天清晨，她对自己前一晚的情绪一笑置之。她怎会变得如此多愁善感？那两个小时里，自己就像一个不谙世事的女孩！都是菲茨乔治的错！他如此不顾及他人感受，擅闯民宅，坐在她的炉火旁天马行空地回首往事，一副理所当然的样子。他时不时调侃一下眼前这位曾经的印度总督夫人，却几度欲言又止，辞不尽意，语气间透着些微的嘲弄，却又不失殷勤，溢于言表的爱慕和潜藏于心的动容兼而有之。他轻松的言谈举止未能骗过夫人的眼睛。斯莱恩夫人意识到，此次造访于他而言意义非凡。他还会再来吗？她默默想道。

如果这位先生再来，能允许他进来吗？热努问道。下次他再来，热努已经想好如何应对了，不会像头一次那样受他怠慢了。想当初，他竟一脸不屑地径直闯入客厅，将那顶颇为喜感的帽子往桌上一放，对她的劝阻充耳不闻。"啊，我的上帝啊！夫人，这家伙可真滑稽。"她笑得弯下了腰，边笑边搓大腿。热努遇到她觉得好笑的人或事便会乐得合不拢嘴，斯莱恩夫人就喜欢这股子憨劲儿。作为对热努的回应，斯莱恩夫人也笑了一下菲茨乔治的帽子。他是从哪儿买来的这种帽子呢？热努问。我有生之年可从来没有见过此类帽子。这帽子是定做的吗？还有他那围巾，不知夫人此前是否看到过？全都是格子，像个马夫。"真是个不同寻常之人。"热努得出了一个睿智的结论。不过，与英国仆人不同的是，热努并不满足于取笑菲茨乔治先生，她想了解他。一个真正的绅士，至今都孤身一人，不由得让人怜惜，她道。他是一生未娶？他看上去确实不像是结过婚的人。斯莱恩夫人走到哪，热努就跟到哪，她很想知道问题的答案，可是这一问题斯莱恩夫人也无法回答。他沏得一手好茶，热努说。她还注意到他破旧褴褛的大衣，料想他应该是穷困潦倒："就像我以前在街头角落看到的卖松饼的老头。"因此，当斯莱恩夫人淡淡地告诉她此人乃一百万富翁时，热努难掩其失望之情："百万富翁？还穿成这样？"热努对此无法释怀，不过下一次，她到底是让他进来还是不让他进来呢？她问。

斯莱恩夫人只说她觉得菲茨乔治先生应该不会再来了，她说这话时深知自己在撒谎，因为菲茨先生临走时握着她的手询问自己是否还可以再来。她为什么要对热努撒谎呢？"可以，让他进来吧。"斯莱恩夫人道，说罢便朝着自己的居室走去。

就这样，斯莱恩夫人的住所有三位老绅士时常到访——巴克劳特先生，谷谢伦先生，还有菲茨乔治先生。这是一个有趣的三人组，一位房屋经纪人，一位建筑商人，一位鉴赏家！都是上了年纪的老人，各有各的古怪之处，但都超凡脱俗。人生真是奇妙，正当她的一生——她的活动，她的孩子，她的亨利——都渐行渐远之际，正当她准备驾鹤西归之时，她的生活又翻开了新的篇章，充实其中的人与事让她倍感欣慰与满足。也许，塑造这一生活的正是她自己，只是她无从知晓自己是如何做到的。"也许，"她大声说道，"人到暮年终究会得到自己真正想要的。"她从书柜里取下一本旧书，随意翻至某一页，读出声来：

　　　　不再宣誓，不再信誓旦旦，

　　　　再无浮华，再无夸夸其谈，

不再仇恨，不再亵渎神明，

再无恶意，再无嫉羡觊觎，

不再怒火中烧，不再放浪形骸，

再无尔虞我诈，再无蒙蔽诓骗，

亦无诽谤诋毁。

一四九三年，就有人道出了她的心声。实在是不可思议！

她接着读下一个诗节：

远离不实言辞，反复无常，远离肮脏与邪恶，

远离阿谀奉承，自以为是，

远离欺诈伴装，虚假伪善，

远离从众集会，敷衍虚假，

远离狂躁攻击，刚愎自用，

远离荒诞愚谬，远离异想天开，

远离喋喋不休，远离恭维阿谀。

除了异想天开之外，其他的一切斯莱恩夫人都已远离了。某种程度上，三位老绅士便是她异想天开，或奇

想天开（她莞尔一笑，偷换了一个词）的产物。至于嘈杂喧嚣、夸夸其谈、诋毁诽谤之流，均已被她挡在门外，唯一能将这些带来的只有卡丽，她的到来好似一阵寒风。可斯莱恩夫人与老菲茨乔治先生仅一面之缘，为何如此轻易便将他也纳入至交？没错，临走前他确实彬彬有礼地征询了她的意见，然而，仅此一言便能断定他一定会再次登门造访吗？

他又来了。她听见热努在客厅里像招呼老朋友那样接待菲茨乔治先生。只听她答道，是的，夫人在家；是的，夫人随时欢迎先生的光临。斯莱恩夫人听着他们的对话，觉得热努似乎过于殷勤了。她的隐私因菲茨乔治的到来而受到了打扰，此刻的她犹豫了，不确定她是否喜欢这样。她该和凯打个招呼，让他对菲茨乔治稍加暗示。

不过她还是客气地接待了他。身着黑衣锦缎的斯莱恩夫人徐徐起身，礼貌而友好地伸出手去，笑容依旧——是他熟悉的微笑。为什么不呢？毕竟他们皆是耄耋老人，向来对年龄非常敏感。他们坐在炉火两侧暖着身子，伸手烤着火，火光在指端忽闪，伴随着他们随意而自然的对话。终其一生，斯莱恩夫人都让人觉得，在她面前，他们可以想说便说，不想说便不说，正因如此，亨利最初才决意娶她。她给人静谧安宁之感，时常缄口不语，亦十分理解他人的沉默不言。亨利·霍兰德曾经说过，很少有女人可以沉静但不失趣味，更少有女人可以张口却不乏味。不过话又说回来，亨利·霍兰德虽然喜欢女人，却颇有些小瞧她们，他一生中真正钟情的也只有自己的妻子。早在加尔各答时，年轻的菲茨乔治先生便已看出端倪，当时的印度总督身边不乏充满活力的漂亮女子争宠，他对每一位女子都表现出了极高的兴致和关注，以至于她们都被他的言谈举止所蒙蔽，自以为荣幸至极，受宠若惊。

菲茨乔治先生心想：谢天谢地！幸好她没有品位。有些女人常常自认颇有品位，与他趣味相投，作为鉴赏家的他对此厌恶至极。装饰之美和真正的美——这两者之间毫无联系。他的艺术品和所谓的有品位的女人的居所分属两个不同的世界。他细细打量着斯莱恩夫人的居所，眼神里有着不可掩饰的温柔：粉色的灯，土耳其地毯。若想欣赏美，看着斯莱恩夫人便足矣，如此精致可爱的老妇人，如一尊象牙雕刻般立在他眼前，像水一样流到椅子上，四肢如此纤细而柔软，炉火在她的五官和雪白的头发上投下一片玫瑰色的红晕。青春之美与眼前这位老妪的沧桑之美不可同日而语，青春的脸庞犹如未经书写的白纸，青春无法如此宁谧泰然，静若止水。所有的喧嚣、聒噪与纷乱均成历史，与她不再有任何瓜葛，留给她的只有静静的等待与默然的接受。他很庆幸自己没有见过中年时期的斯莱恩夫人，他记忆犹新的仍是那张充满生机，眼神里透着光亮的青春面庞，而今他又见到了倏忽已到生命彼岸的她，于是记忆也变得更加完整。他所见到的是同一个女人，然而对于这中间发生的故事，他丝毫不知情。

他意识到，自己已经有五分钟没说话了。斯莱恩夫人似乎也忘记了他的存在。不过她并非睡着了，而是安静出神地看着炉里的火，双手一如往常地垂落着，双脚安放在炉火边的栅栏上。他很惊讶斯莱恩夫人如此自然地接纳了他，心想："不过我们都老了，我们的感官也钝化了，我坐在这里，一切都是那么自然，那么理所当然，好像我是她一生的朋友。"菲茨先生如此想着便开口道："斯莱恩夫人，我觉得当时的你虽然贵为印度总督夫人，却并不怎么高兴。"

他的嗓音透着一贯的严厉和嘲弄，即使是面对她，也未有丝毫的改变。对于人类，他是如此轻慢不屑，如此鄙视厌弃，以至于他的语气中始终流露着一丝讥讽。凯是他唯一的朋友，但即便是凯，也时常遭受他的奚落嘲弄。

菲茨的这句话唤醒了斯莱恩夫人对先夫亨利的忠诚，她忽地直了直身子："菲茨乔治先生，总督夫人这一身份也是颇有好处的。"

菲茨毫无悔过之意：“但于你而言，并非如此。”说着，他把身子往前一倾，继续道：“你知道吗？你身处那些哑剧演员中间，我看了心情颇为烦躁。你屈从了，尽到了自己的本分，而且做得无可挑剔，但你自始至终都在否认着自己的天性。我记得我在晚宴前等着你和斯莱恩勋爵出现，当时，约摸三十人聚集在一个大客厅里，人们戴着珠宝，穿着制服，傻傻地立在一大幅地毯上。我记得有个巨大的枝形吊灯，上面点满了蜡烛，只要有人经过便会叮当作响。我当时想，是不是你的脚步声让它叮当作响的呢？紧接着，一扇大型折叠门打开了，你和总督出现了，此时所有的女人都谦恭地向你们请安。晚宴过后，你们礼节性地与来宾们一一寒暄。你身着白色晚礼服，头戴钻石珠宝，然后你问我是否想去狩猎。我想，你也许是觉得有钱的年轻男人都好这一口，但你并不知道我对于残杀动物的行为深恶痛绝。我说不想，我只是喜欢周游世界，虽然你体贴地笑了笑，但我认为你并没有听我回答。你在想着该对下一位宾客说些什么。果不其然，虽经周全思虑，你所说的却仍不十分恰当。后来提出让我陪着你们游历的是总督，不是你。”

“陪我们游历？”斯莱恩夫人很惊讶。

“你也许知道，总督总是一副和蔼可亲、彬彬有礼的样子，他总会提一些友好的建议，但他多半是言不由衷的，也从不期待对方会真正遵从他的建议。最好的回应就是鞠个躬，说声谢谢，那将让人心情舒畅，然后就再也别提了。比如说，他可能会说，中国？对，下周我会去中国，中国是个非常有意思的国家，你应该和我一起去。但对方若将他的话当真，他会非常惊讶，不过我敢说，你无法从他完美的举止言谈中察觉到他的惊讶，他会掩藏得很好。斯莱恩夫人，你觉得我说的正确吗？"

还未等到斯莱恩夫人的回答，菲茨便接着说："不过就是有这么一次，还真有人将他的话当真了，那就是我。记得当时他说，菲茨乔治，你是个古文物收藏家——古文物收藏家于他而言是个模糊的概念——他说，你是个古文物收藏家，你不需要赶时间，不如和我们一道前往法泰赫普尔西克里古城？"

斯莱恩夫人头脑中破碎的记忆忽然被修复了，原本模糊不清的音符重新汇成了完整的旋律。她似乎再次站在了印度废弃古城空寂无人的露台上，隔着飞扬的尘土遥望着远方通往阿格拉的道路。她将手臂倚靠在防护矮墙上，手中慢慢转动着阳伞。之所以转阳伞，是因为她感到些微的心神不宁。此刻，她和身边的年轻男子在这片静静的土地上并肩而立，远离了喧嚣的尘世。总督不在身旁，他正与一群身着白色制服、头戴太阳帽的官员一起视察清真寺，只见他用手中的棍棒指着屋檐说，檐下的斑尾林鸽应该被赶走。斯莱恩夫人身边的年轻男子则轻声说，怪罪于斑尾林鸽实属不该，既然古城已被人类抛弃，为什么不能由斑尾林鸽来继承呢？此时，一群翠绿色的长尾鹦鹉叽叽喳喳地从他们身边掠过，他接着说，不仅仅是鸽子，还有猴子、鹦鹉，诸如此类。长尾鹦鹉再次盘旋于头顶，犹如诗人之家遭遇了翡翠雨，他抬起头来，瞧，它们绿色的羽毛和这锦缎般的围墙多么般配！他说，一个只有鸟和动物居住，并由清真寺和宫殿构成的城市，总有那么一丝不同寻常之处。他还说他多么希望看到老虎走上阿克巴建造的台阶，看到眼镜蛇盘绕于会议厅。相较于脚踏靴子、头戴遮阳帽的人们，这些动物与这座红色的城市更为相称。斯莱恩夫人一边关注着总督和一行人的举动，一边笑称菲茨乔治先生实为浪漫之人。

菲茨乔治先生——终于记起了这个名字。这世上有那么多名字，就算她忘掉这个名字也不足为奇。不过她终究是记起来了，同时记起来的还有她拿他打趣时他看她的那一眼。那绝不是普通的一眼，那一刻是他创造的，而他看着她的眼神里满是他不敢——抑或不愿——说出的含意。她觉得自己好像赤身裸体地站在他面前。

"没错，你当时说得没错，我确实是个浪漫之人。"说这话时，菲茨坐在斯莱恩夫人汉普斯特德的家中，透过火光看着她。

斯莱恩夫人万万没想到，他居然和她想到一块儿去了：那一刻于他而言也同样意义非凡、同样强烈吗？那一刻的意义曾令她困惑，有一段时间，她都不愿承认那一刻给她带来的不安。她对亨利的忠诚是毋庸置疑的，但自从那位名叫菲茨乔治的年轻旅行者走后——虽然他的名字并未给她留下印象——她内心最隐秘的一隅却似乎被炸药引爆了。有人仅凭一眼便发现了通往那间她极力隐藏的密室的路，洞悉了她的灵魂，这是何等的无礼妄为！

"很奇怪，是不是？"他问道，仍然目不转睛地看着她。

"后来在阿格拉，我们分道扬镳了，你之后又去了哪里？"斯莱恩夫人用她一贯平静的口气问道，她不愿承认那一刻自己的内心受到了极大的震动。

"我后来又去了克什米尔，"菲茨身子往后一倾，靠在椅背上，几个指尖并拢在一起，"我坐船沿河而上，在船上住了两个礼拜，途中有很多时间思考，望着船外粉色的荷花，我想到了一个身穿白色礼服的年轻女子，如此安守本分，如此训练有素，却有着如此狂野的内心。我曾经想，至少有那么一分钟，我走近了她的内心，但之后，仅仅是一眼之后，她便转身离去，继而朝她丈夫的方向气定神闲地走去。她这样做是出于害怕，还是纯粹为了责怪我，我不得而知，或许两者兼有吧。"

"倘若她害怕了，那也是怕她自己，而不是你。"斯莱恩夫人答道，她本人和菲茨都为之一惊。

"我也没觉得是因为我，实不敢当，也不敢想。"菲茨接过话，"当时我就知道，我对女性没有什么吸引力，尤其是像你这样可爱优秀的年轻女性。说实话，我对此也毫不在意。"他看起来虽然很拘谨，却用近乎挑衅的眼光看着她。

"你当然不在意。"斯莱恩夫人对菲茨受挫的自尊心表示了尊重。

"是啊，我不在意，"得到安抚之后的菲茨接着说，好似被新的回忆击中了一般，"不过你知道，虽然我之前从未爱上过一个女人，之后也没有，但在法泰赫普尔西克里古城，我爱上了你。我想我在加尔各答那个可笑的晚宴上就爱上你了，否则我也不会去法泰赫普尔西克里古城。正因如此，我才偏离了自己原先的行程，之前我可从来没有为任何一个男人、女人或孩子改变过计划。斯莱恩夫人，我可是彻头彻尾的自我主义者，这点我需要明说。能让我改变计划的，除了艺术品，别无他物。我后来又从克什米尔去了中国，在那儿，我完全被艺术品迷倒了，于是很快忘了你。"

这一奇怪粗鲁而可笑的示爱让斯莱恩夫人的心情错综复杂了起来。它冒犯了她对亨利的忠诚，打破了她暮年的平静生活，唤醒了她年轻时的诸多困惑，让她既惊又喜、心生愉悦。她千算万算，也算不到会发生这种事情。她本以为人生只剩下回忆，只剩下一个盼头。菲茨乔治先生的到来却改变了这一切，似乎他就是不怀好意来破坏她无比静谧的心情的。

菲茨乔治先生继续道："不过即使在中国，我偶尔也会想起你和斯莱恩勋爵来。在我看来，你们俩实在不相配。说你们不相配，并不是说你没有履行好你的职责，你做得相当好，正是因为你做得完美至极，才引起了我的怀疑。斯莱恩夫人，如若你没有嫁给那个让人既感愉快又觉不安的骗子，你会去做什么呢？"

"菲茨乔治先生，你说什么？骗子？"

"啊，不，他也不全然是个骗子。"菲茨乔治道，"恰恰相反，我听说他在英国相对困难的时期做了五年的首相，中途也没出什么乱子。不过其实所有的年份都不容易，也许是我错看了他。但你应该会承认，他确实有点问题。他比我所见过的任何一个男人都更有魅力，在某种程度上，魅力绝对是好事，但若过度了则未必。理性的人都不会越过那个限度，而他则完全越过了那个界限——太过了。他好得太不真实。斯莱恩夫人，你自己以前也时常受累于他的魅力吧?"

菲茨乔治先生提问的方式让斯莱恩夫人差点在不经意间点头称是了，他似乎真心对这个问题感兴趣，不过她也记起亨利总是对一些他根本不可能感兴趣的问题表现出极大的兴致。在他那个世界里，关乎人的问题丝毫没有分量，他内心只有冷冰冰的雄心，颇具讥讽意味。所以，倘若亨利如此，菲茨乔治先生就一定不一样吗? 一个是政客，一个是鉴赏家。她可不希望自己像唐代雕像那样被鉴定真伪。对亨利的观察给她好好上了一课。爱上一个如此有魅力、如此阴冷、如此具有欺骗性的人，并与他共同生活，是一件可怕的事。她突然发现，亨利是一个极其大男子主义的人。魅力和教养之外，大男子主义才是他性格的基调。他戏谑的态度也难以掩盖他的世俗。

"我本该成为一个画家。"斯莱恩夫人终于开口了。

"啊! 谢谢你!"菲茨乔治先生得到了自己想要的回答，如释重负般地舒了一口气，"那就对了! 所以你本有可能是一个艺术家，对吗? 但因为你是个女性，所以你无从选择。那我就明白了，难怪你平静如水的面部表情时常给我一种悲怆之感，我记得当时我看着你，心想这是一个被伤透了心的女人。"

"我亲爱的菲茨乔治先生！"斯莱恩夫人厉声说道，"你说得好像我的人生就是一场悲剧一样，请不要再这样说了！我拥有大多数女人都梦寐以求的一切：地位、安逸、孩子，以及我深爱的丈夫。我没有什么可以抱怨的——真的没有。"

"只是你被骗取了对你而言很重要的一样东西。对于一个艺术家而言，没有什么比天赋的兑现更为重要的了，对此你应该和我一样清楚。如果天赋无法施展，他就会像一棵长弯了的树，被扭曲得不成形了，生命也将失去所有的意义而沦为某种存在——日子也只能将就着过下去。斯莱恩夫人，你别不愿承认。你的孩子们，你的丈夫，你身上的光环，这些都阻碍了你成为真正的自己，你选择用所有这些替代你原本可以成就的事业。我想或许是当时的你太年轻了，无法做出别的更好的选择，但当你选择了这样一种生活，你便违背了自己的良心。"

斯莱恩夫人用双手捂住了自己的眼睛，她已无力承受赤裸裸的抨击了。菲茨乔治先生就如忽受启发的牧师一般，毫不留情地击碎了她平静的生活。

"是的，"她虚弱地答道，"我知道你说的都对。"

"我当然是对的，老菲茨也许是个喜剧式人物，但他还保留着一些价值观，而你违背了我人生的首要信条。难怪我会如此责难你。"

"请不要再责难我了。"斯莱恩夫人笑着抬起头来，"请相信我，如果我做错了，我已经为此付出代价。但请你不要指责我的丈夫。"

"我没有指责他。他尽己所能给了你最好的生活，只是他差点将你毁灭，仅此而已。男人真的会毁灭女人，而据我所知，很多女人还很享受这个过程。我敢说，即使是你，作为女人，你也乐在其中吧。好了，我这么说，你是不是生气了？"

"没有。"斯莱恩夫人回道，"被你识破，我反而如释重负了。"

"实际上你在法泰赫普尔西克里古城就意识到你被我识破了吧？当然，只是大体上识破，并未全面识破。所以我们今天无非是完成了一场当时未能进行的对话。"

斯莱恩夫人虽然深受震动，却依然笑了起来。对于莽撞无礼的菲茨乔治先生，她心生感激。菲茨已不再责难她了，他此刻正坐在那里，滑稽地看着她，眼神里颇有一丝爱慕。

"一场中断了五十年的对话。"她说。

"至此再也不会被重提了。"他说。菲茨也展现出了圆滑的一面，他深知她会害怕自己被揭开的伤口不断遭受新的创伤，"有些事不得不说，这是其中之一。好了，我们现在终于可以做朋友了。"

和斯莱恩夫人确立了朋友关系之后，菲茨乔治先生想当然地认为夫人会欢迎他与她做伴。他总是不请自来，很快就有了一把专椅，还时常奚落对他颇有好感的热努，和巴克劳特先生聊起来也是天马行空，滔滔不绝。总之，他将他的许多个人习惯和特质带到了这所老宅，所幸，他的到来丝毫没有破坏斯莱恩夫人的生活方式。他甚至曾陪着夫人到荒野散步，两位老人慢慢悠悠、颤颤巍巍地一路相伴，她的披肩和他的方帽成了冬天大树底下寻常而独特的风景。他们步履蹒跚、哆里哆嗦地走着，时不时找个凳子坐下来，却不愿向对方承认自己累了，而是借由看风景歇息一会儿。当他们缓过气来，风景也欣赏得差不多了，于是站起身来再走一会儿。就这样，他们共同重温了康斯特布尔的生平和画作，甚至参观了济慈的老屋，那所困于深绿色月桂树下、满载着重负和悲剧的白色小屋。他们如两个幽灵般喃喃地议论着范妮·布劳恩的幽灵，议论着摧毁了济慈的那份激情。与此同时，就在刚好够不着的地方，就在某个拐角处，潜伏着一份对斯莱恩夫人的激情，那份激情也差点摧毁菲茨乔治先生。幸好，不同于可怜的济慈，菲茨乔治是一个谨小慎微的自我主义者。他太过明智，没让自己迷失于对年轻总督夫人的无望爱恋；但他也不够明智，为此付出了余生五十年的忠诚。

一次散步途中，他提起了五十年前的一件小事，而她已然忘却了。

"你记得吗?"他问道，这四个字如今他们已再熟悉不过，以至于每次一说起，两人便会相视而笑，"那次晚宴过后的第二天，我又回来用了午餐。"

"晚宴? 什么晚宴?"斯莱恩夫人有点茫然，她的思路已不再清晰敏捷。

"就是加尔各答的那场晚宴。"他轻声地说，每次她需要提示的时候，他从来都是耐心作答，"我答应了和你们一起去法泰赫普尔西克里古城之后，总督又邀请我第二天与你们共进午餐。他说我们必须协商一下旅行的细节，因此我很早就到了，当时你独自一人在屋里。确切地说，你也并非一个人，凯也在。"

"凯?"斯莱恩夫人问道，"那时凯应该还没出生吧?"

"他当时已经两个月了。他在你的房间里，你把他放在摇篮里，你不记得了吗？你和你的婴儿，被一个陌生的年轻男人撞见，你当时很尴尬。不过你很快克服了尴尬，还让我看了看他，我记得我当时很欣赏你淳朴的举止。你将摇篮的帘布掀起来，看在你的分上，我瞧了一眼那讨厌的小东西，而其实，我的注意力在你掀着帘布的手上，和薄纱一样白，只是染上了你戒指的颜色。"

"就是这些戒指。"斯莱恩夫人摸了摸黑手套下凸起的部位。

"好吧。我有次跟凯说过我见过他在摇篮里的样子。"菲茨乔治先生边说边笑，"多年来我都想拿这事和他开玩笑。跟你说，我当时可把他吓着了。不过我也没和他解释，他至今都不知道个中情况，除非他问过你。"

"没有。"斯莱恩夫人说，"他从未问过我。不过即使他问我，我也没能力告诉他。"

"是啊，人是会忘记的，是会忘记的。"菲茨乔治先生一边说，一边望向遥远的荒野尽头，"不过总有些事不会忘。我记得你掀起帘布的手，记得你低头望着那个如今已长成凯的讨厌的小家伙时的表情，我记得我复杂的心情，毕竟我撞见了你的私密生活。不过很快，你就按铃让女佣带走了凯，推走了摇篮。"

"你喜欢凯吗？"斯莱恩夫人问道。

"喜欢？"菲茨乔治先生很惊讶她会用这个词，"嗯——我想我已经习惯他了。不过你也可以说我喜欢过他吧。我们非常了解彼此，所以不会轻易打扰彼此的生活。就这么说吧——我们已经习惯彼此了。已经这把年纪了，别的东西都会显得累赘。"

　　的确，即使对于斯莱恩夫人而言，"喜欢"也似乎已经是一件遥远的事了。如果一定要用这个词，大概可以说她喜欢菲茨乔治先生，她也喜欢热努，喜欢巴克劳特先生，也有那么一点喜欢谷谢伦先生。不过这种喜欢里，没有了任何焦虑或骚动。她脆弱衰老的身体已渐失活力，所有的情感也朦胧了起来。她只能说，与菲茨乔治先生一起散步，听他唤起自己对久远过去的回忆，这种感觉令她身心愉悦。只不过，即使隔着时间的面纱，半个世纪前的那天所散发的光芒，竟也灼痛了她业已昏花的双眼。

　　即使如此，菲茨乔治先生仍未告诉斯莱恩夫人全部的真相。他没有告诉她，那天除了看到她和凯，他还看到她跪在地上摆弄着一大堆鲜花。时值冬季，这些鲜花似乎来自英国，却分明是印度花园里采摘下来的，有玫瑰，有飞燕草，有香豌豆，在她身边分好类堆放着。地毯上还立满了盛着水的透明玻璃容器，阳光甚好，星星点点地映照在这些玻璃容器上。她抬起头来看他，这位不速之客竟撞见总督夫人做着不那么契合身份的事。这类事岂不应由秘书们或者花匠们来负责吗？可她却选择亲力亲为。她抬起头来看他时，指尖仍滴着水珠。她用手拂去不慎入眼的长发，同时从她眼里拂去的是她的整个私人生活，取而代之的是例行公事般的敷衍客套和礼节。她顷刻便起身，用抹布擦了擦手，迅速将手递上前来，嘴里说着："噢，菲茨乔治先生，请原谅我，我不知道已经这么晚了。"她暂时记住了他的名字。

人们注意到，菲茨乔治经常不在圣詹姆斯大街的俱乐部。凯·霍兰德发现，如今想约菲茨共进晚餐已不如往常那般容易了，然而他无论如何也猜不到个中原因。他满心牵挂着他的老朋友，料想他也许是因为疲惫或身体状况不佳而早早地上床休息了，却未想自己的牵挂实则多余，老菲茨这回着实辜负了他的朋友。加之两人之间的友谊原本就基于礼仪，这种情况下凯也不好多问，因而也就不曾走近真相半步。他倒是对菲茨乔治先生的屋子很熟悉，能够想象这位老绅士平日里的生活，想象他穿着睡衣，拖着拖鞋，穿越于摆放无序却无与伦比的艺术品之中，想象着他在煤气灶上热一杯速溶汤凑合着当饭吃，想象着他在使用电灯时也不忘节约用电，仅靠一个灯泡照亮自己穿着毛衣的小小身影，还有屋内堆积如山的镀金画框。抑或说，他只是用一根插入瓶内的蜡烛照明？凯确信菲茨乔治先生总是吃得不够多，长时间住在布满灰尘的拥挤小屋里，人也不会很健康。屋子是有女清洁工每天过来打扫，可他只容许她小范围清扫。菲茨从这样一个污秽肮脏的环境里出来时，每次都打扮得衣冠楚楚，仪表堂堂。对此，凯一直没想明白。要知道，他自己可是一有时间，便将住所清扫擦拭得发亮。即使是单身老姑娘的房子，也比不上凯·霍兰德的干净而整洁。尤其是每年春季的大扫除，凯都是一丝不苟认真对待，就连他那些精致的宝贝，也要撸起衬衣袖子放入脸盆好好洗洗。但老菲茨呢！自从他多年前搬进去之后，那两个屋子大概就再也没有被腾出来彻底打扫吧，凯猜。年复一年，伯纳德大街上的屋子逐渐被塞满了，犹如一个喜鹊巢。椅子上堆不下了，就往地板上堆；抽屉里放不下了，就往橱柜里塞，塞得连柜门都关不上了；平时难得一碰，也不去掸灰；除非有客人来，菲茨才会献上他的杰作，此时，他会将宝物表面的灰粒轻轻吹去，一幅画、一个青铜器，或是一盏精雕细琢的艺术品便呈现于眼前。

如今，凯很难见到菲茨了。不过每次当他出现在俱乐部时，看着倒也并无异样，于是凯的担忧和顾虑便减轻不少。如果说与往常有所不同的话，那就是菲茨似乎变得更有活力了，就连奚落起凯来，也更来劲了，眼里闪烁着光亮，似乎津津乐道于一个不为人知的笑话。事实便是如此。凯坐在他跟前，看上去很兴奋，也很开心。从来无人像菲茨乔治那样奚落取笑他。虽然凯很想找机会问问关于摇篮的事，但他一直不好意思问，毕竟他与菲茨很少谈及私人生活。

不过菲茨倒也不再要求去拜访斯莱恩夫人了，这让凯倍感宽慰。他确信，既然母亲去了汉普斯特德养老，她断然不希望被陌生人打搅。对此，凯颇为自得，觉得自己太有先见之明了，成功阻止了老菲茨。不过他也时不时纳闷：如此坚定地阻挠菲茨开始一段新的友谊，是否太不友善了？菲茨一定是纠结了许久才提出这一要求，若要再提，想必还要再纠结。不过，话虽至此，他首先需要照顾的是母亲的感受。卡丽也好，赫伯特也好，查尔斯也罢，他们都不理解母亲退隐独居的意愿。但凯可以理解，他也因此觉得自己有责任保护母亲免受纷扰。是的，他保护了她——虽然菲茨也常让他发憷，不过无论如何，他的回避和推诿似乎彻底打消了菲茨一时兴起的念头。他必须抽时间看望母亲，顺便告诉她自己有多么机敏，凯心想。

　　一月的天气冷得刺骨，凯的计划一再搁浅。凯如同猫一般喜欢温暖舒适的环境，阴冷的地铁实在不适合像他这种娇生惯养、年事已高的人，他安慰自己道。凯被大衣和围巾裹得暖暖的，这个时节他最多从家中步行至圣詹姆斯大街，一路穿过喷泉庭院，穿过肥得挪不开步子的鸽子，经过堤岸路，走过诺森伯兰大道，穿过海德公园，最终到达目的地。这是他每天必走的路线，但他不愿冒险走得更远。他走路不仅是为了锻炼身体，他能敏锐地察觉到所有公共交通工具中都有微生物的存在，对他来说，微生物甚至比爬行动物更可怕。他几乎每一天都想象自己成了某种致命疾病的受害者，每一次喝茶，他都会想，幸好水已煮沸，没了细菌。于是乎，但凡雨天或雨夹雪的天气，他便异常开心，因为他终于可以不出门了。为了安抚自己的良心，他便写些小纸条给母亲，告诉她自己感冒了，他知道流感即将大规模爆发，希望他母亲在热努的照料下一切都好。天气一好便去趟汉普斯特德吧，他如是想着。到时再告诉母亲菲茨乔治的事也不迟。她一定会被逗乐的，说不定还会感激他呢。

　　可是，凯就像许多聪明人一样，一而再、再而三地推迟了自己的计划。他忘记了菲茨乔治比他大了整整二十五岁。八十一岁的年龄是不许和时间耍花招的。二十岁、三十岁、四十岁、五十岁、六十岁时，人们可以说，噢，这事就等到明年夏天再说吧——当然了，即使是二十岁的年纪，生命中意想不到的危险也总是存在——但八十岁之后，这种延期仅仅是对命运的一种嘲弄。早年间所谓的意外和小概率的事件，待到八十岁之后急剧膨胀为确凿无疑的风险。凯出身长寿世家，他的标准或许已然遭到了扭曲。因此，当菲茨乔治的死讯传来之时，凯感到颇为震惊，他非常愤懑，完全无法相信这是真的。

他先是从海报上觉察到些许迹象：《西区俱乐部会员之死》。那天，他正沿着堤岸路步行至诺森伯兰大道去吃午餐，无意间看到这条新闻，但这样的新闻和布里克斯顿的公共汽车开上人行道的新闻一样，并未引起他的注意。又走了一会儿，他发现其他海报的午间版上也登出了类似的消息：《西区独居百万富翁离世》。有那么一刻，菲茨乔治的名字闪过他的脑海，但很快被他否认了，即使是新闻记者也不可能将伯纳德大街归入西区。对于伦敦报界，凯毫无经验。不过他还是买了份报纸。穿过海德公园时，他注意到藏红花已经露出绿色的嫩芽了。这条路他已走过成百上千遍。他像往常那样缓缓悠悠地踱步至布铎斯俱乐部，要了杯维希矿泉水，展开餐巾纸，打开《伦敦标准晚报》，开始用午餐——除了泡菜，还有大块的骨头肉。他无须告诉服务员他需要什么，他的日常生活就是如此规律，如此千篇一律。报纸头版的第二栏跳出几行字：《西区俱乐部会员离世：隐居富翁奇特生平揭秘》。此时的凯还在纳闷：一个人怎么可能既隐居，又是俱乐部常客。旋即他便读到了名字：菲茨乔治先生……

他的刀叉重重地摔在盘子里。俱乐部的其他客人原本还在想凯怎会如此泰然自若，此刻正交头接耳地低声道："他终于听说了！"他们指的是他终于读到了。不过，说"听说"其实也不为过，在凯看到菲茨名字的那一刹那，他觉得仿佛有人对他大声吆喝了一声；菲茨乔治的名字震耳欲聋，就像是有人用一个盒子罩住了他的耳朵。"菲茨死了？"他侧身问邻桌的人。他与那个人只是面熟，过去二十年，凯每每看到他都习惯跟他点头打招呼。

自己是如何到达伯纳德大街菲茨住处的，凯已全然不知，只朦胧记得他狂乱地遍翻口袋，掏钱给出租车司机。他爬上楼梯来到菲茨的房间，房门已被砸碎了，里面站着两位年轻高大的警察，显得既自负，又愧疚。得知来人是凯，他们表现得很有礼貌，也很殷勤。菲茨就躺在他的床上，穿着他的羊毛睡衣，所不同的是，他的身子非常僵直。桌子上剩着一条半沙丁鱼、吃了一半的烤面包，还有一个煮鸡蛋的蛋壳，看上去很倒胃口。令凯惊讶的是，菲茨还戴着一顶睡帽，帽檐镶嵌着流苏。此刻的他，看上去与生前并无二致，但似乎又完全不一样。凯说不清其中的差别在哪里，总之，它并非源自菲茨僵直的身体。也许是凯自身的负罪感所致，在菲茨不再知情的情况下，他目睹偷听着有关他的一切，而他却永远定格在了那一刻。那一刻原本是菲茨最私密的时刻：穿着拖鞋，戴着睡帽，吃着从厨房橱柜里取出的仅剩的三条沙丁鱼。"先生，我们不能动他。"其中一位年轻警察提醒凯。他生怕凯走得太近，怕他触摸他的朋友。"我们得先听医生的。"年轻警察说。

凯退到窗前，对比起两位老人——菲茨和他的父亲——的死来。他们选择了截然不同的人生道路。菲茨愤世嫉俗、与世无争，过着离群索居的生活，远离外界纷扰，从内心获得乐趣，不对任何人袒露心扉。凯记得，只有那么一次，菲茨被报纸上一篇报道伦敦怪人的文章激怒了："上帝啊！与他人保持距离就是怪人吗？"他愤怒是因为他的名字也被列入其中。他不理解为什么有的人总是对他人的生活如此感兴趣；于他而言，这种行为粗俗不堪、令人厌倦且毫无必要。他只求不被打扰，只求遁形于自己选择的世界，沉浸于藏品带给他的美的愉悦中。那便是他的精神信仰，他的沉思方式。也正因此，他的死虽显孤寂，却并无感伤，因这与他所选择的生活是一致的。

但菲茨的死让国家行政执法人员陷入了焦虑。当凯可怜兮兮地靠着窗台拨弄帘布的时候，这些公职人员闯入了菲茨的房间。他们看着僵直且沉默的菲茨，说道，这位已逝的绅士非常富有，据报道，他的财产甚至达到了七位数。虽然此前他们处理过多起类似的死亡事件，但死者都是一文不名的穷人。至于如何应对一位百万富翁之死，他们则全无经验。他总归有一些亲戚吧，他们一边说，一边看着凯，眼神中充满责备，似乎这一切都怪他。但凯说，没有，据他所知，菲茨乔治先生并无亲戚，与世人皆无关联。"你们就待在这儿吧，"凯说，"南肯辛顿博物馆也许能告诉你们一些关于这位绅士的事。"

探长哈哈大笑起来，接着又用手捂住自己的嘴巴，大概是记起了自己身在何处。只听他说：博物馆！人死后去博物馆打听他的生平身世，这也太乏味了吧！显然，这位探长有个很好相处的妻子，还有一群调皮捣蛋的孩子，家中窗台上则栽满了一盆盆红色的天竺葵。他说事实上，霍兰德先生刚才那番话并不算离谱，要不是博物馆，他和他的下属根本就不会来这里。警察很少出现在与凶杀和自杀案件无关的现场。这次主要是因为博物馆的人致电伦敦警察厅，声称发生了"紧急事件"，警察厅才派警察前往伯纳德大街看护贵重物品。据说这些贵重物品有可能是死者赠予国家的遗产。虽然这位警官对藏品本身不屑一顾，但一听说它们"价值连城"，他立马露出了欣赏的眼神。只是霍兰德先生可否提供一个比博物馆更人性化的问询对象呢？不，霍兰德先生表示没有其他的选项了。他虚弱地提议道，他们可以在《名人录》上查一查菲茨乔治先生。

好吧，探长一边说，一边拿出笔记本，一本正经地做起记录来：他总有父亲吧？把那些记者轰出去，他气急败坏地朝着两个手下吩咐道。他没有父亲，凯回答。他觉得自己就像一只被逮个正着的兔子，心想早知会被执法官员轮番轰炸，他就不来伯纳德大街了。此外，他还怀疑探长是被好奇心驱使才会打探菲茨祖先的情况，这或许已经超越了他的职责范围。

探长盯着凯，忽而脑际闪现出一个笑话，凯则从他的眼神中读了出来。不过碍于自身的身份和地位，他倒是抑制住了说笑的冲动。他继而问道："那他的母亲呢？"言外之意是，一个人即使没有了父亲，总该有个母亲吧。不过凯早就超越了这一认知限制，他眼里的菲茨是个全然孤立的角色，使尽毕生力气以保持自我的独立性。他答道："他也没有母亲。"

"那他到底有什么?"探长问道。他扫视下属的眼神里分明透露出对凯的判断：一个头脑不正常的家伙。

凯感到一阵眩晕，他很想回答：他有自己的私人生活。菲茨乔治和探长之间横亘着一条鸿沟：探长所代表的价值观和理念，与菲茨生前所信奉的生活，可谓有天壤之别，凯有些难以承受了，但他还是妥协了。他指着凌乱堆放于屋内的艺术品，说道："这些吧。"

"那不够啊。"探长道。

"于他而言足够了。"凯道。

"就这堆垃圾?"探长道。凯沉默了。

一位警察上前与探长耳语了几句，还出示了一张名片。"好吧，"探长看了一眼卡片，说道，"让他进来吧。"

"梯台上还有很多新闻记者呢，长官。"

"我告诉过你，别让他们进来。"

"他们说只是想看一眼房间，长官。"

"看一眼也不行。告诉他们没什么可看的。"

"遵命，长官。"

"只有一堆垃圾。"

"好的，长官。"

"只让博物馆的那位先生进来，其余人不得进入。"探长说罢，又转身对凯说道："博物馆的事，我们似乎说对了。来人倒有可能是死者的伯父之类，来得正好。"他边说边将名片递给凯。凯读道："克里斯托弗·福尔贾姆先生，维多利亚和阿尔伯特博物馆。"

来人是个年轻人，头戴圆顶礼帽，身穿蓝色大衣，戴着羊皮手套和角质架眼镜。他看了一眼菲茨乔治先生，随即开始打量屋子里那些乱七八糟的东西，一边评估，一边和探长说着话。不过他的态度和探长截然不同，他的眼里时不时放出惊喜的光芒，他的手紧跟着不自觉地伸向桌子或椅子上杂乱堆砌着的尘封的宝物，就像看到久违的猎物一般。他还彬彬有礼、毕恭毕敬地与凯打了招呼，使得凯在探长眼里的地位也提升了不少。毕竟，博物馆乃公共机构，是由政府的补贴（虽然很微薄）资助运营的，因此才赢得，或曰买来，探长的重视与尊重。他显然对福尔贾姆先生表现出了极大的敬重，与先前对待凯·霍兰德的态度形成了巨大的反差。毕竟，从凯身上读不出前任英国首相儿子这一身份，而福尔贾姆先生的名片上则赫然印着象征他身份的一行字："维多利亚和阿尔伯特博物馆。"

不过，说句公道话，福尔贾姆先生似乎有些不自在。他是受上级派遣来到老菲茨住处的，为的是确保这位富翁的藏品能得到应有的保护。过去四十年来，博物馆收到过老菲茨的暗示，自信能在他过世后得到些许遗产。凯·霍兰德又退到窗前拨弄起布满灰尘的窗帘，他完全明白探长和福尔贾姆先生都是在履行他们的职责。探长需要完成他的工作，而福尔贾姆先生也是被其所在博物馆派来处理这项并不愉快的任务。老菲茨有了新发现时的兴高采烈，老菲茨遇到某个可爱古董时的克制与欢喜，都已是过眼烟云，与眼下唯利是图的场景格格不入。凯熟谙世事，他明白一切也只能如此。即使站在他朋友的立场上，他也并不觉得整件事情有任何的讽刺意味。探长也好，福尔贾姆先生也罢，他们都只是在执行职责范围内的任务。尤其是福尔贾姆先生，表现得很有分寸。

"当然了，我们知道我们没有权力干涉此事，但鉴于藏品不菲的价值，鉴于菲茨乔治先生生前曾向我们透露遗赠大部分文物的心愿，我所在的博物馆认为有必要采取一些措施以保护相关财产。我奉命告知你们，若需要我们的人过来负责相关事宜，我们将随时待命。"

"如果我没理解错的话，您的意思是这些藏品价值连城？"

"我得说，价值成百上千万。" 福尔贾姆先生饶有兴趣地答道。

"好吧，"探长说，"我自己对这些一窍不通。这屋子看上去就像一个当铺。不过既然您这么说了，先生，那我就信您吧。"他随即指了指菲茨，说道："这位绅士没有家属吗?"

"我没听说过。"

"不同寻常，先生，对于这样一位富翁而言，实在非同寻常。"

"有律师来吗?"福尔贾姆先生问道。

"至今还没有律所出面，先生。不过各大报纸的午间版都刊登了这则消息。但这里没有电话机，他们还得亲自登门。"探长面带厌恶地环顾了一下四周。

"菲茨乔治先生是那种不太合群、喜欢独处的人。"

"这个我明白，先生。您可以说他是一个性情孤僻的人。我自己是无法理解的，我喜欢有人陪伴。先生，这儿暂时没问题吧?"探长拍着额头问。

"或许是有点古怪，仅此而已。"

"像这样的绅士，应该有诸如太平绅士之类的头衔。不是吗，先生? 我的意思是至少应该有一些公共职务，比如医院委员会等类似机构的职务。"

"我觉得菲茨乔治先生不是那种热心公益的人。"福尔贾姆先生说话的语气让凯一时无法判断他对菲茨是深表同情还是吹毛求疵。"不过，"他马上补充道，"我说得欠妥，毕竟他给国家留下了如此珍贵的无价之宝。"

"目前还不能完全确定呢。"探长道。

福尔贾姆先生耸了耸肩："他生前的示意清晰明了。他若不留给国家，还能留给谁？除非他都留给了您，霍兰德先生。"他说罢便转向凯，似乎被自己的笑话逗乐了。

不过，菲茨乔治先生的藏品既未捐赠国家，也未留给凯，而是悉数遗赠与斯莱恩夫人，包括他的所有财产。遗嘱白纸黑字写在半张纸上，字迹清晰工整，做了公证，一字一句，没给其他阐释留有任何余地。该遗嘱撤销了先前的遗嘱，即将财产捐赠给慈善机构，而藏品则归各类博物馆、国家美术馆及泰特美术馆所有。遗嘱明确指出，斯莱恩夫人享有财产的绝对所有权和最终处置权。

这则消息令公众大为愕然。博物馆方面感到非常诧异与愤慨，与之形成鲜明对比的则是斯莱恩夫人一家的心情：既惊又喜。几个子女很快齐聚一堂，围坐在卡丽的茶桌边。卡丽当天下午见过母亲，因此，她的说辞更有依据，也更令人信服。实际上，一听说消息后，卡丽便直奔汉普斯特德。她说："有如此重大的责任在肩，亲爱的母亲一个人是无法处理的。你们也知道，她向来不适合应对此类事件。""但这一切究竟是怎么回事！"赫伯特显得十分暴躁，"这一切究竟是怎么回事？她怎么会认识菲茨乔治这个人？凯从中扮演了什么角色？我们知道凯和菲茨乔治是朋友关系，我们原先以为母亲只是见过这个人，没想到他们竟然认识。我可从来没听她提起过这个名字。"赫伯特情绪激动，言辞激烈，如噼啪作响、势不可遏的野火。

"一场阴谋啊，这就是一场阴谋，幕后推手是凯。凯一直想要那个老男人的东西，这下好了，凯也被出卖了。"

"是吗？"查尔斯问道，"我们怎么知道凯和母亲私下里没有什么交易呢？凯总是和我们保持距离。我总觉得凯不是那么诚实。"

"那当然了……"梅布尔开始了。

"你安静点儿，梅布尔。"赫伯特说，"我同意查尔斯所说的。凯一直是一匹黑马，况且母亲也没有向我们中的任何人交代过她的遗嘱。"

"可是至今为止，她也没有什么可以留给我们的啊。"伊迪丝插嘴道。她因加入了这场密谈而颇有些瞧不起自己了。

与以往一样，伊迪丝的话并未引起大家的注意。

"我不同意你们的观点。"威廉说。威廉向来被大家认为是家里最务实的人，他对世事的判断也颇得人心。他紧接着说："如果凯与母亲之间有密谋的话，他们不会让菲茨乔治的财产先经母亲之手。你们想想这里面涉及的税种吧。"

"是因死亡而产生的遗产税吗？"伊迪丝问。她还是那样冒失，总是说些不中听的话。

"至少得五十万吧。"威廉解释道，"所以说这不太可能。直接留给凯不就好了。"

"可是母亲就是那样不切实际啊。"卡丽边说边叹气。

"太不切实际了，简直到了悲剧的地步。"威廉说，"她为什么不征求一下我们其中某个人的意见呢？但现在已成定局了。天哪，她将如何处置这笔意外之财呢？"

"她似乎对此不甚感兴趣。"卡丽说，"我去的时候，她在看一本书，而热努在角落里给猫喂食。我觉得她其实并没看进去，因为当时我问她书名是什么，她也答不上来。我也只是随便问问，跟她套近乎。她说这是从穆迪图书馆寄来的，不过你们也知道，母亲喜欢自己决定读什么书，她总是很仔细地制订阅读计划，不会让穆迪随意寄书给她。我可是费了九牛二虎之力才进的门，当时有很多新闻记者围堵在门口，母亲吩咐热努不要理会门铃声。我只得绕到花园里，在她的窗下大声叫'妈妈'。"

卡丽停顿的当口，赫伯特问："你进去之后，她给出了什么解释吗?"

"没有。她好像是在印度认识的这个菲茨乔治先生。最近这位先生拜访过她一两次,她是这么告诉我的。不过我确信她有些事瞒着没说。当她说菲茨乔治曾经登门拜访的时候,在一旁的热努忽地哭出声来,随即离开房间。只见她当时拿起围裙,使劲擤鼻子。她出门时说了句'多么好的先生',我猜他总是给她小费。"

"那母亲有什么反应吗? 她伤心吗?"

"她很安静。"卡丽停顿了一下,然后冷冷地说道,"是的,总体上,我觉得她应该是有什么瞒着没说。她总想换话题,可这话题没法换啊! 显然,她没看到过伦敦的海报。亲爱的母亲,我只是想帮她。我确实觉得被误解的感觉不好受。她似乎不希望我涉足其中,将我拒于千里之外。"

"但到了你母亲这个年纪,还有什么可以隐瞒的呢?"拉维妮亚说,"不会是因为……"

"哎呀,谁知道呢? 是不?"卡丽道。

"不,不可能的。"赫伯特说,"我不信!" 作为一家之主的赫伯特正义凛然地说。

"有可能确实不是吧,"卡丽顺着他的话说,"赫伯特,我相信你的判断是最正确的,不过,知道吗? 有一个非常奇怪的念头，在我脑海里挥之不去。"

众人都凑上前来，好听卡丽讲述这个非常奇怪的念头。

"不，我不能说。"卡丽说，似乎很高兴自己的话引起了大家的兴趣，"我真的不能说，虽然我知道大家不会外传。"

"卡丽!"赫伯特叫道，"你知道我们之间有个约定：说话不能只说一半。"

"那时的我们都还是孩子呢。"卡丽似乎仍然不情愿透露这个奇怪的念头。

"那当然，如果你一定不愿意说的话……"赫伯特说。

"好吧，如果你坚持想知道的话。"卡丽妥协了，"我是这么想的：我们谁也不知道母亲和这个老男人——老菲茨乔治——是朋友关系。她也从未向我们中的任何一人提起过他。实际上，她在印度时就认识他了——那段时间正是凯出生的时候，或者说在凯出生之前他们就已经认识了。而他呢，总是对凯很感兴趣。然后他死了，将所有财产悉数留给了母亲——确实，不是留给凯的。但那并不意味着母亲不会将财产转留给凯，也许他的本意就是希望凯能继承他的财产。他只是暂时绕过了凯。也许那就是一种障眼法，谁知道呢？像这样的古怪老男人总是惧怕丑闻的。"

"因为……"赫伯特接道。

"没错。因为……"

"噢，不，不会的！"伊迪丝说，"这样的猜测太可怕了，卡丽，简直骇人听闻。母亲爱父亲，她绝对不会做出欺骗他的事。"

"亲爱的伊迪丝！"卡丽接话道，"如此天真！以为所有事情都是非黑即白的！"但卡丽已经开始后悔当着伊迪丝的面说这些，生怕后者透露半点给母亲。如今，卡丽可是有着一万个理由要和母亲处好关系。

伊迪丝愤愤不平地夺门而出，将众人丢在身后。剩下的人将各自的椅子使劲往里挪了挪。

卡丽继续说了下去："然后呢，一个年轻人来了，举止非常粗鲁无礼。这位先生名叫福尔贾姆，来自某个博物馆。热努的言行也实在欠妥，可能是因为来人直接出示了名片，而未介绍自己或报上姓名。总之，热努称他为福勒贾姆先生，我猜她是故意的。不过我很快发现他是罪有应得。很显然，他和他的博物馆在打母亲的主意，可怜的母亲，继承了一笔财富便不得安宁了。他假装代表博物馆问候母亲，提出若她房屋空间不够，博物馆可以代为收藏菲茨乔治的古董。这次，母亲表现得还算明智，她不愿给出任何承诺，只说自己还没有做好决定。她看着福尔贾姆先生，仿佛他并不存在。然后，热努就像往常那样冲进来，问母亲晚餐想吃肉排还是鸡肉。母亲说，鸡肉吧，虽然不是很经济实惠，但第二天还可以再吃。你们想想，母亲一年的收入至少有八万呢！"

拉维妮亚呻吟起来。

"但母亲在面对我的时候，同样不愿多说。"卡丽继续说道，"我不停地向她保证我只是想帮助她——凭你们对我的了解，你们也知道我说的是事实——但她看我的眼神同样很迷离，她似乎一直在想别的事，也许是想起了一些感伤的事。"卡丽有些生气，"她甚至没留我吃晚餐，那会儿热努进来说鸡已经准备好了，煮一下便可以吃了。最后我只得和那个福尔贾姆一起离开了，还让他顺路搭了我的车。他告诉我，光那些藏品就值好几百万呢。"

"可怜的父亲。"赫伯特说，"他死后我第一次觉得他不在倒是件好事。"

"是啊，这确实让人欣慰。"卡丽接话道，"可怜的父亲，他一直被蒙在鼓里。"

众人默默地消化着这个让人欣慰的事实。

"可是母亲究竟会如何处置那些藏品呢？又会如何处

置那么多的钱呢?"务实的威廉继续之前的话题,"八万一年呢! 还有两百万锁在一堆艺术品里! 如果她将这些艺术品卖掉,就有十六万一年的收入了! 如果将这些钱按年利率百分之五投资出去的话,年收入就更多了! 获得这个收益率完全没问题啊!"他的嗓音忽地尖锐了起来。每次一谈到钱的话题,他的嗓音就会变尖,"母亲会怎样,谁也不知道。看看她当时对待珠宝时那随意的样子吧。她似乎对价值没什么概念,对责任也没什么概念。据我们对她的了解,她也许会将所有藏品一并献给国家。"

斯莱恩夫人一家陷入了恐慌。

"你不会真的这么认为吧,威廉? 她对自己的孩子们总该有点感情吧?"

"我确实是这么想的。"威廉说着说着,越发气愤起来,"母亲就像一个孩子,红宝石在她眼里就是鹅卵石。她从来没真正学到什么,她一辈子过得浑浑噩噩。母亲和所有人都不太一样,其实我们对此一直心照不宣。一个人一般不会这样说自己的母亲,但在这种情况下,也没必要把话说得太隐晦。她随时都有可能做出古怪的事来,让人顿足捶胸。而我们却无能为力。无能为力!"

"胡说,威廉。"卡丽觉得威廉把事情夸大了,"母亲一向是服理的。"

"甚至在她执意要住汉普斯特德的时候也是吗?"威廉阴郁地说,"我并不觉得这把年纪还非要固执己见、标新立异的人是服理的。甚至在她非常荒唐地将珠宝送人的时候也是吗?"他看了一眼梅布尔,只见梅布尔紧张兮兮地试图用衣服上细长的蕾丝遮住珠宝。威廉接着说:"所以,你说错了,卡丽。母亲就是那种从来没有脚踏实地生活过的人——她一直在脱离实际的幻境之中生活。不幸的是,她居然认识了同在幻境中生活的菲茨乔治先生。"

"那巴克劳特先生呢?"卡丽问。

"你说什么?"威廉道,"巴克劳特很可能诱导她将财产过继给他。可怜的母亲,太过天真、太不明智了。就这么让人给骗了。我们该做些什么呢?"

与此同时,巴克劳特先生也得知了此事,正亲自登门慰问斯莱恩夫人。

斯莱恩夫人看上去病恹恹的,显得很困惑。"你看,巴克劳特先生,"她开口道,"菲茨乔治先生肯定不知道他在做什么。我知道,他想把那些美好的东西留给我,但给我这么多钱干吗?我能做什么?我手头的钱完全够用了。巴克劳特先生,我曾经认识一个百万富翁,而他恰恰是过得最不开心的人。他害怕被暗杀,雇了很多侦探。他也没有一个朋友，因为他总觉得别人心怀不轨。用餐时若有人坐他边上，他总担心那人会以慈善机构的名义邀请他捐款。大部分人都不喜欢他，但我很喜欢他。巴克劳特先生，我见过太多人，都是因为担心他人有所图谋而不相信人。我不希望自己也面临相似的处境。世上这么多人，菲茨乔治先生偏偏选中了我。我觉得他当时肯定是糊涂了，根本不知道自己在做什么。"

"斯莱恩夫人，在世人眼里，菲茨乔治先生可是给了你巨大的好处呢。"巴克劳特先生说。

"我知道，我知道。"斯莱恩夫人急忙说。她愁容满面，但不想给人留下不领情的印象。

她陷入了沉思：这一辈子，一路走来，总有人给她好处，但她并不贪图。亨利让她成为总督夫人，继而又成为首相夫人。现在，菲茨乔治先生又将毕生的金银财宝倾注于只想图个清静的她身上。

"巴克劳特先生，我从来不想要这些东西。"她说，"我只想做个旁观者，但似乎这世界不愿成全我——即便我已到了八十八岁的高龄。"

"即使是最小的行星，也需要围着太阳转。"巴克劳特先生言简意赅地说道。

"那是不是意味着无论我们是否情愿，都需要围着金钱、地位、财富打转？我原先以为菲茨乔治先生比谁都明理。你明白我的意思吗？"斯莱恩夫人近乎绝望地说，"我以为我终于逃离了这一切，但现在，菲茨乔治先生竟然让我再次置身其中。巴克劳特先生，你说我该怎么做？我该怎么做？我相信菲茨乔治先生收藏的都是至美之物，但我完全不懂行。我从来都更倾向于上帝的艺术品，而非人类的艺术品。无论你是家财万贯的富翁，还是身无分文的穷人，但凡上帝之作，只要懂得欣赏，便唾手可得；但人类艺术品则只有富翁能尽收囊中。倒不是说菲茨乔治先生购买那些艺术品是因为它们的价值。他是真正有品位的艺术家。他还是个守财奴。他不喜欢以市场价购买艺术品，真正让他倾心的，是发现实际价值远高于市场价的艺术品。然后他就会觉得自己得到的是上帝的艺术品，而非人类的艺术品。不知你是否明白我的意思。"

"我完全明白。"巴克劳特先生回答。

"很少有人会理解。"斯莱恩夫人说，"你让我觉得，你同情我的处境。很少有人会同情我。我真的不想要这些贵重的藏品，虽然它们很美。假如我的壁炉架上有出自切利尼之手的陶器，我会担心热努在某天早餐前打扫卫生时摔坏它。巴克劳特先生，假如我想观赏什么，我宁愿去荒野看康斯特布尔的树。"

"而不是直接拥有康斯特布尔的画作?"巴克劳特先生机灵地问道。他补充道:"我相信菲茨乔治先生的藏品中有康斯特布尔为汉普斯特德荒野所作的画。"

"好吧,"斯莱恩夫人舒了一口气,"那幅画作我可能会留下来。"

"不过,除去一些你个人想保留的作品之外,其余的藏品你打算如何处置?"

"送掉吧。"斯莱恩夫人疲惫地说,"送给国家吧。那些钱就送给医院吧。菲茨乔治先生最初也是这么打算的。把所有财产都处理掉,统统处理掉!而且,"她随即补充道,"想想我的孩子们会有多么恼怒吧!"巴克劳特先生对她突然转换话题的做法已再熟悉不过了。

巴克劳特先生深谙斯莱恩夫人此番笑话的微妙之处。原则上讲,他对恶作剧类的笑话不甚感兴趣,嫌其太过幼稚愚蠢。不过斯莱恩夫人的这个笑话却激发了他的幽默感。他虽从未见过斯莱恩夫人的子女,却已熟知他们的秉性。

"不过你过世之后,你的讣告会将你定义为大公无私的赞助人。"巴克劳特先生一如既往地直截了当。

"那些我也读不到了。"勋爵去世时,斯莱恩夫人早已认识到讣告中有可能出现的错误阐释。

巴克劳特先生离开后一直惦记着老朋友的困惑。他没想到，大部分人会觉得斯莱恩夫人的困惑和懊恼很奇怪，令人费解。而在他看来，斯莱恩夫人的价值观与世俗价值观格格不入，因此，她的恼怒和反抗是自然而然的，这没有什么不好理解的。此外，他现在已经知道她早年的抱负，以及她之后压抑抱负的生活。巴克劳特先生虽直率——很多人甚至觉得他有点儿疯——但却有着毫无成见的智慧：他知道标准需要随着环境的变化而变化；任何期待环境适应既定标准的想法都是荒谬的，可惜人们经常犯这样的错误。由此，斯莱恩夫人的处境着实令人同情，不亚于受瘫痪折磨的运动员。毋庸置疑，这样的观点非同寻常，可是巴克劳特先生从未质疑其合理性。

听说了斯莱恩夫人的计划后，热努感到十分震惊。她内在的法国灵魂受到了极大的惊吓。此前，有好几天的时间里，热努都处于飘飘然的状态，为了庆祝这突如其来、难以置信的天降财富，她还专门为猫咪多买了一些鱼干。得知菲茨乔治先生把一大笔财富留给了夫人后，热努的心情相当复杂。她在报纸上看到了那个数额，用手指头数了半天，才数清究竟是几个零，生怕自己搞错，还来回数了好几次。她完全清楚一百万、两百万是什么概念，但在实际生活中，她只是下定决心向夫人请求增加清洁女佣打扫卫生的次数，从原先的每周两次增加到三次。迄今为止，为了缓解夫人的经济压力，她一直没敢怠工。虽然这些年来，膝关节炎让她常常直不起身子，她也照常干活，只是多垫了一些牛皮纸在关节处，多穿了一条衬裙，希望借此来缓解疼痛。她明白夫人并不富裕，宁愿自己受点罪，也不愿增加夫人的日常支出。但当斯莱恩夫人在某天晚上漫不经心将计划告知正在端盘子的她时，热努对未来的奢侈期盼全都落空了。"不可能吧！夫人。"她惊叫起来，"我还以为我们的好日子就要来了呢！"热努是真的感到绝望。这段时间以来，她很开心斯莱恩夫人又受到了媒体的关注。无论是日报，还是带插图的周报，都展示了斯莱恩夫人的照片。的确，照片都是很久以前的了，因为斯莱恩夫人早就淡出了公众视野。公开的照片都是斯莱恩夫人做印度总督夫人或大使夫人时拍摄的。照片里的夫人很年轻，穿着晚礼服，浑身珠光宝气，头戴冠状发饰，端坐在棕榈树之下；或是手捧一本书，但目光并未停留在翻开的书页上；或是身旁围着孩子们——穿着儿童水手服的赫伯特，还有身着派对晚礼服的卡丽——热努记得太清楚了！孩子们亲昵地依偎在母亲的肩头，低头看着母亲臂弯里的婴儿——是查尔斯吗？还是威廉？还有一些极其老式的照片。甚至有一张报纸，深知拿不到夫人的近照，于是乎，直接刊出了斯莱恩夫人七十年前身穿结婚礼服的照片，并登出了斯莱恩勋爵年轻时的照片与之相匹配。只见勋爵脚踩短马靴，手持步枪，一只脚踏在老虎身上小憩，姿态威武。不知何故，斯莱恩夫人并不喜欢诸如此类的事物，但热努却觉得这些照片十分体面。她对夫人说，自己没有权力指使夫人，但不知夫人是否考虑清楚了自己的立场和决定，以及做此决定的原因。毕竟夫人已经习惯了有随从参谋、仆人和勤杂工随时待命的生活。"那时候的夫人被服侍得多好啊！"热努回忆道。绝望之中，一个念头忽地一闪，令热努捧腹大笑，边笑边用手来回搓着自己的大腿："啊！我的上帝！夫人啊！恐怕夏洛特夫人是要高兴了！还有威廉先生！啊哈，就这么定了！多么有趣的恶作剧！"

斯人已逝，斯莱恩夫人感到很孤独。她将菲茨的财物统统赠与了国家，起初还有一丝激动，可这激动很快消逝了，连同子女们狂乱的反应，没有给斯莱恩夫人留下太多印象。她阻止热努将刊载相关新闻的报纸带进屋内，也不愿见儿女，除非他们同意不再提及此事。卡丽给母亲写了一封信，字里行间字斟句酌，不失尊严。她说此事对她造成了极大的创伤，她需要几个星期，甚至几个月的时间疗伤，在此之前，她都无法泰然面对母亲的沉默，也无法相信自己。等她稍加恢复，会再次写信。与此同时，斯莱恩夫人应为此事感到耻辱。

对此，斯莱恩夫人不为所动。在凯和巴克劳特先生的帮助之下，她在与政府部门打交道时几乎没遇到什么麻烦，只需签署一些文件，就完成了各项手续。但即便如此，她已感到精疲力竭，萎靡不振。她与菲茨乔治的友谊有点儿出乎意料，奇特而又可爱——极有可能是她此生最后一次奇特又可爱的相遇了。她已别无他求。此刻的她，只求放下世间纷扰，获得永久的安宁。

斯莱恩夫人仍不时地在报纸上读到有关她家族的报道。卡丽办了一个露天集市；卡丽的孙女将要参加一个日场慈善派对；查尔斯的信终于见诸《泰晤士报》；赫伯特孙子中年龄最大的理查德赢得了定点越野赛马比赛；理查德的姐姐德博拉和一个公爵的长子订婚了，可谓门当户对；赫伯特在上议院发表了演说，据传下一个总督空位将授予他，且他已被列入新年受勋者名册，荣获了圣米切尔及圣乔治勋章……斯莱恩夫人品酌着这些遥远而细小的事，恍惚忆起自己的过往经历。"如此索然无味、平淡无奇、让人厌烦，而又毫无益处！"她自言自语道，一边借着拐杖和楼梯扶手小心翼翼地下楼，一边琢磨着为什么人至暮年，还要读莎翁以外的东西，或者说，其实青年时期也一样，因为无论是热情洋溢的青春，抑或是成熟稳重的暮年，莎翁似乎全然懂得。但也许只有真正成熟的人才能参透他的深意。

她就这样看着这群人，他们脱胎于她，有的已步入中年，有的正扬帆起航。她心想，年轻的德博拉一定沉浸在订婚的喜悦之中，年轻的理查德在赛马时也一定意气风发。想到这两个年轻人，斯莱恩夫人嘴角浮现一丝柔和的笑容。但她很快想到，他们终究会变得成熟。当青春的火焰熄灭后，他们终究会成熟，会精于世故，追逐私利。年轻时的轻率鲁莽终究会被中年的谨慎精明所取代。他们再也不会抗争，内心再无挣扎，他们终将落入业已为他们准备好的窠臼之中。一想到此，斯莱恩夫人不由得叹起气来，以为自己对他们的存在负有责任，哪怕只是间接的责任。她的后代生息繁衍，绵延不绝。她忽地悲观消沉了起来，只期望尽快从这一切中解脱。

不过，她还是做了一件令人费解的事。当她写完信，贴完邮票，递给热努去寄出之后，她才反思起自己的行为，发现自己犹如在梦境中一般恍惚。她说不清究竟是怎样的冲动，抑或是怎样奇怪的意念，促使她试图与已然放弃的人生重新建立起某种联系。或许是因为她太孤独了，全无直面孤独的勇气；又或许是她先前高估了自身的坚毅和胆量。只有异常刚毅勇敢的灵魂才能不畏孤寂。总之，她写信给了一家剪报机构，让其将所有与她家人有关的消息均提供给她。其实她心里明白，她只关心她的重孙辈们，也只愿意读有关他们的报道。至于卡丽、赫伯特、查尔斯和威廉发生些什么事，她完全不在意。他们的路很清晰，再无悬念与惊喜。不过，即使恍若梦中，斯莱恩夫人也未向这家位于霍尔本的剪报机构透露自身的真实意图。她以一个常规命令的形式，精心掩藏了她内心的想望。当绿色的小包裹送达时，斯莱恩夫人将所有涉及她子女的新闻径直丢入了垃圾桶。而那些有关重孙们的报道，则被她小心翼翼地贴入从街角文具店里买来的相册内。

她从这项工作中获得了无与伦比的快乐。每天晚上，在粉色台灯的光影下，斯莱恩夫人都会忙活起来。斯莱恩夫人意识到，包裹一周最多只能收到两至三个，若把贴报工作分为若干份，便可以每天沉浸其中。所幸，斯莱恩夫人的重孙中，有两位已成年，他们的活动丰富多彩，不时见诸报端。他们已成为当今年轻人中的翘楚，对于报纸的闲话专栏而言颇具新闻价值。斯莱恩夫人的无数个愉快的夜晚便是在这些小道消息中打发的。她会根据所见所闻勾勒他们的品格和个性，在此过程中，斯莱恩夫人还会结合自己原先对他们的了解。重孙们都被蒙在鼓里，全然不知自己在曾祖母心中是怎样的形象。正因如此，斯莱恩夫人才倍感愉悦。这愉悦淘气俏皮，又夹杂着一丝多愁善感。于斯莱恩夫人而言，愉悦纯属私事，如一个秘密的笑话，强烈、恣意，却又如栀子花的花瓣那般易折。热努知道斯莱恩夫人每天晚上在做些什么，但热努并不碍事，就像斯莱恩夫人生活的一部分，一如她的靴子或热水壶，一如她的猫咪约翰，总是极有尊严地端坐在火炉前。不过热努和斯莱恩夫人一样，对霍兰德家族的年轻一辈极其感兴趣，虽然她们的视角不一样。她很快猜到斯莱恩夫人的兴趣所在，并对此大为欢迎，欣喜之情也溢于言表。每次绿色的小包裹一到，她便兴致勃勃地提着包裹，快步小跑着进屋。"瞧，夫人！它到啦！"斯莱恩夫人拆包装时，她便充满期待地站在一旁，一副兴奋异常的样子。天知道！有些报道实在琐碎细小得不足挂齿：地铁站寻宝、舞会、聚会，偶有一些照片。照片里是穿着马裤的理查德，或是在化装舞会上模仿苏格兰玛丽女王的德博拉。虽然尽是些琐碎之事，但他们还年轻，倒也无妨。斯莱恩夫人将这些纸片反过来放下，谁能参透她此刻的心情呢？然而热努却欣喜若狂地拍起手来："啊，夫人，理查德先生多么帅气！

啊！夫人！她多么漂亮！"她指的是德博拉。斯莱恩夫人微微一笑，对热努的赞赏甚为满意。毕竟，如今的她，乃一介老妪，小事也足以让她开怀。"是啊，"斯莱恩夫人说，"他体格魁梧，是个不错的小伙子。"照片中的理查德，满身泥泞、不修边幅，一只胳膊下夹着一座银杯，另一只下夹着一根马鞭。"怎么才不错呢！"热努义愤填膺起来，"分明就是棒极了！神一般的存在！瞧，他多么高雅，多么时髦！年轻女孩们一定都被迷死了。他将来定会走曾祖父走过的那条路。"热努对世俗名望颇为敬佩，随即补充道，"他会成为总督，首相，上帝知道他将会是多么出色，夫人看着就好。"热努并不知道斯莱恩夫人对这些是不屑的，她对热努说："不会的，热努，我应该是看不到了。"

她所能看到的仅仅是他们可爱而略带傻气的青春，而且还是远距离观望。谢天谢地，当他们步入荒唐愚蠢的成年，她已不在了。成年的荒唐和愚蠢，失了青春的狂放与不羁。斯莱恩夫人看着他们浓密的头发、纤细而灵活的肢体。"热努，"她说，"年轻真好。"

那可得看情况，热努说。要看一个人有着怎样的青春。如果出身贫寒，那就另当别论了。热努父母很穷，她是家中第十二个孩子，曾被送往普瓦捷附近的农场劳作，与农民们住在一起。她住的是草棚，整晚睡在干草堆上；不能见父母；无论冬夏寒暑，每天早上五点起床；若没干好手头的活，还会挨打。于她而言，所有的兄弟姐妹都已然陌路，他们的人生轨迹没有任何交集。热努跟着斯莱恩夫人快有七十年了，这还是她头一次袒露心扉。斯莱恩夫人很好奇："当你再次见到你的兄弟姐妹时，感觉奇怪吗？"

热努说，一点也不奇怪，毕竟有血缘关系在，自己的家人总归是自己的家人。她十六岁那年返回巴黎，走进自己家的小公寓，一切再自然不过，似乎她本就属于那里。普瓦捷附近的农场消失了，彻底淡出了她的生命，此后她再未回想过，不过她比谁都清楚那些散养的母鸡会在哪里下蛋。她就这样径直走入哥哥姐姐们的生活里，似乎她从未离开过。除了和一个姐姐有些小矛盾外，一切都还算顺利。这位姐姐刚刚生下一对双胞胎，但就在此之前，她的大孩子因白喉去世了，全家人都瞒着她。只是她似乎猜到了，从床上跳起来，穿着睡衣直奔墓地，扑倒在孩子的墓碑前放声大哭。家人派热努去找回姐姐。一个十几岁的女孩被派去做这样的事是否合适，热努并未多想。现实使然，她们的母亲需要留在家里照顾那对刚出生的双胞胎。不过，热努没能在家里待太长时间。她的父亲已将她的名字留在了登记处，还未待她反应过来，她便已横渡英吉利海峡，前往英国服侍夫人一家。

斯莱恩夫人听着热努的叙述，不禁为之动容。如此简洁的叙述里，透着哲思。她自责起来，自己为什么从未主动问过热努的身世呢？那么多年来，热努服侍着她，她却对她不够重视。原来，那对结实的胸脯里，竟隐藏着如此丰富的人生经历。从普瓦捷附近农场的干草堆到富丽堂皇的政府官邸和总督府，这一定是个奇怪的转变……相较于此，斯莱恩夫人重孙们的人生经历实在肤浅；她自身的经历也显得太过单薄，太过文明，与现实全然脱轨。她只是沉浸在自己的世界中，为不得志的人生扼腕，却从未体验过真正的人生。她从未见证过亲人撕心裂肺的痛，也未曾需要拉回新掘坟墓旁绝望哭泣的姐姐。看着热努冷静而不动声色地陈述过去的悲惨经历，斯莱恩夫人不禁思忖起来：究竟是何种形式的伤口更深——现实无情的伤疤，还是想象无形的伤口？

她想，自从来到英国后，热努就没有了自己的生活。她的整个人生都是在为她服务，自我早已被湮没了。如此一想，她便自责起来，为自己的自私自利感到羞耻。然而，她也想到了自己，自己的人生何尝不是如此？她将整个人生献给了亨利。因此，她无须因忧郁伤感而过度自责。

她的思绪重新回到了热努的身上。从自己的家到霍兰德的家，热努奉献出了自己最真挚的情感。她骨子里的骄傲，她的雄心壮志，她的势利，无不倾注于霍兰德一家。斯莱恩夫人记得当年亨利被授予贵族爵位时热努溢于言表的欣喜与激动。热努照看她的每一个孩子时，犹如照料自己的孩子。除非是为了保护斯莱恩夫人，否则热努不会说一句霍兰德家族孩子们的不是。如今，她的兴趣和夫人一样，都转向了家族的重孙们。即使他们已不再登门，热努仍一如既往地关注着他们。因此，当斯莱恩夫人提出不愿见德博拉和理查德之时，热努忠诚的心如被撕裂了一般。不过夫人解释道，青春活力会让耄耋之年的她感到精疲力竭。于是，热努即刻调整好了心态："夫人说得对，青春确实让人难以招架。"

　　然而，热努将每周寄来的绿色包裹，连同夫人的相册，视为家族荣耀感的回归，并对之大为欢迎。在她朴素的世界观里，繁衍生息、代代相传是何等重要。作为女性，她未能哺育后代，于是便将斯莱恩夫人视为寄托，从她那儿间接获得她此生无法获得的满足与喜悦，想来的确让人怜惜。"看到夫人专注地摆弄着这一小罐糨糊，"她热泪盈眶地说道，"我感到心里好受了一些。"一次，她将那只名为约翰的猫举起来，看《尚流》杂志刊出的一张理查德的照片："瞧，我的哝哝，这小伙子多帅啊！"约翰可不愿看，身子使劲挣扎着。于是热努将它放下来，满脸失望的样子："夫人，这猫真滑稽。这些动物，其实是很聪明的，但它们并不识画。"

这些日子里，斯莱恩夫人似乎已将所谓的常识抛在了脑后。不过，她也曾想，不知家里的年轻人会如何看待她放弃财产一事。他们很可能深感愤慨，责怪曾祖母剥夺了本该属于他们的钱财。他们肯定不会认为她有什么浪漫的动机。即使她无须道歉，也许她应向他们解释一番？只是如今的她该如何与他们取得联系呢？提笔写信之际，自尊扼住了她的手腕。毕竟，她对待他们的方式有点儿不近人情，先是拒绝见他们，而后又使他们丧失了潜在的巨额财富。在重孙们眼里，她肯定是自我与冷酷的化身。想到这，斯莱恩夫人感到很苦恼，然而她知道她所做的一切均源自她的信念。菲茨乔治先生不是曾质疑过她未遵从内心吗？突然间，犹如灵光一现般，斯莱恩夫人明白了菲茨的良苦用心。他之所以这样做，就是希望她可以遵从自己的内心，用内心的力量拒绝外在的诱惑。原来，他所给予她的，并非一笔可观的财富，而是一个做回真我的机会。斯莱恩夫人原本并不喜欢猫，这下也俯身抚摸起它来。"约翰，"她轻声呼唤着，"约翰，很幸运，我做了他希望我做的事，虽然当时我并未意识到他的用意。"

　　那之后，斯莱恩夫人的心情便舒畅了许多，虽然她对于重孙们的想法还是有些许顾虑和担忧。事实上，顿悟之后，她良心上的顾虑反倒是有增无减，似乎是责怪自己太沉溺于自我。也许她当时的决定太过匆忙？也许这一决定对子女们太不公平？也许一个人不应依据自身想法而要求他人做出对应的牺牲？她完全只是依照自身的想法，并且承认她很高兴能惹恼卡丽、赫伯特、查尔斯和威廉。在她看来，个人不应拥有这样的珍奇异宝和巨额财富，因此她匆匆将二者处理掉，珍宝献给国家，钱财分给穷人。这一逻辑看似犀利，实则简单。如此想来，她并未做错，可是，再怎么说，她不应考虑一下自己的重孙们吗？这个问题很微妙，她无法回答，于是求助于巴克劳特先生。可后者也无法给她任何帮助，因为他不仅对斯莱恩夫人的决定深表认同，而且认为世界末日即将到来，无论怎样决定都无甚差别、不再重要。"我敬爱的夫人，"他说，"当你的藏品与子孙后代都卷入星际尘埃之时，你所谓的良心问题，也将如过眼云烟，一笔勾销。"此话虽然在理，却毫无助益。天文学意义上的真理，虽能提升人的想象力，却解决不了近在眼前的问题。斯莱恩夫人盯着巴克劳特先生，眼神里满是焦躁。若亨利还在，他会有何反应呢？想到此，斯莱恩夫人更是焦虑不安了。

"德博拉·霍兰德小姐来了！"热努说着便一把将门打开。她那开门的气势好似巴黎大使馆的总管家。

斯莱恩夫人匆忙起身，衣服上的丝绸和蕾丝像往常一样发出了柔软的沙沙声。她试图捡起滑落地面的织物，脑海里一阵狂乱，一时无法理清德博拉此次造访的缘由。她和巴克劳特先生就要见到德博拉了。对这样一次意料之外的会面，斯莱恩夫人毫无心理准备。她觉得自己从来不是一个思维敏捷的人，因此也不善于应对任何出乎意料的局面。她刚和巴克劳特先生谈起过她的重孙们，而这会儿赫伯特的孙女德博拉便突然现身。此类场合需要机敏应对，斯莱恩夫人显然毫无头绪。"我亲爱的德博拉，"斯莱恩夫人急忙走了过去，亲切地叫唤着重孙女的名字。中途她手里的织物再次滑落，她试图去捡，却放弃了，最后总算在德博拉的脸颊上吻了一下。

自从斯莱恩夫人离开埃尔姆帕克街，入住汉普斯特德以来，还未曾有年轻人前来看望她，德博拉是第一位。斯莱恩夫人因此更感困惑。是啊！这座汉普斯特德的老宅几乎只向菲茨乔治先生、巴克劳特先生和谷谢伦先生敞开过大门；当然，偶尔也会向斯莱恩夫人自己的子女们敞开大门，但他们——虽然并不受夫人欢迎——毕竟也都上了年纪。而今，德博拉来敲门了，她可是真正的年轻人。德博拉漂亮优雅，戴着毛绒帽，就是那种上流社会报纸上照片里的女孩。上一次见德博拉还是一年前，当时的她仍是学生模样，如今已出落成妙龄姑娘。这一年来，对于德博拉在时尚界的活动，斯莱恩夫人可谓了如指掌。想到这，斯莱恩夫人记起了她的剪报簿，它正躺在台灯下的桌子上。她赶忙松开德博拉的手，将身后桌上的剪报簿移至灯光照不到的地方，并用吸墨纸将其盖住。侥幸逃离险境，这下安全了。斯莱恩夫人舒了一口气。她重新回到德博拉跟前，正式将她介绍给巴克劳特先生。

巴克劳特先生在短暂的寒暄之后便识趣地告辞了。斯莱恩夫人很了解巴克劳特先生，原本还担心他会大谈特谈宇宙奥妙等深刻问题，顺带谈及她本人最近的古怪言行，使她和德博拉都陷入尴尬的境地。没想到巴克劳特先生却表现得非常老成稳重，他只聊了几句关乎早春的客套话，聊到春天来了、伦敦街道又出现了卖花束的两轮手推车；还聊到了银莲花在水中的花期，如果将花茎斩掉，它们可以活得更长；聊到了从北部袭来的一场场雪，很快，这些雪花便会被报春花所取代；还聊到了科文特花园。但他全然没有提及关乎世界末日、宇宙灾难和德博拉曾祖母所作的正确判断。只有那么一次，巴克劳特先生近乎鲁莽，不过他及时刹住了车。当时他身子前倾，用手指着自己的鼻子，对德博拉说："德博拉小姐，你与斯莱恩夫人颇有几分相似。我很荣幸能将斯莱恩夫人称为我的朋友。"所幸，他没有拓展这层意思。稍做停顿之后，他便起身道别了。斯莱恩夫人对他甚为感激，不过看着他离去的背影，她仍感诧异。此刻，斯莱恩夫人与德博拉真正面对面了，这位年轻的女子与年轻时的她有着同样的名字。

她觉得最初的谈话会是含糊其词、毫无意义的，害怕随之将出现话锋急转的情况，将她们拉回现实，紧接着，对话便会如杰克的豆茎[1]般急速发展，直至演变为一连串的责备。她无论如何没有料到，德博拉竟会坐在她跟前，用直截了当、简明扼要的语言感谢她所做的一切。斯莱恩夫人一语未发，只是将自己的手搭在德博拉的头上，让她的头紧靠着自己的膝盖。她太感动了，以至于无法用语言来应答；她宁愿让这个年轻的声音一直在自己耳边回响，想象着说话者就是年少时的自己，重温已逝的青春岁月。她甚至想象着自己终于找到了知己，可以向对方吐露

1　典出著名英国童话《杰克与豌豆》(*Jack and the Beanstalk*)，这则童话中出现了一种魔豆，这种魔豆落地后，可以在一夜之间长得飞快，豆茎可延伸到天上。

一切心声。毕竟，她已经老了，也累了。她甘愿迷失在甜蜜的幻境中。她所听到的是回声吗？是奇迹将岁月的痕迹一并抹去了吗？还是过往重现了？她用手指触弄着德博拉的头发，分明是一头短发，而不是她年轻时的长鬈发。恍惚中，她以为自己早年的逃跑计划已经付诸实施。她后来是否真的离家出走了呢？她是否将自己的追求置于亨利的事业之上了呢？现在的她是不是坐在地板上，面对密友，仿佛体内有一团火，驱使着她坚定地倾诉着自己的缘由、抱负和信念？幸运的德博拉！她心想，如此坚定，如此坦诚。难得的是，聆听者竟也如此懂她。只是她指的究竟是哪一个德博拉？她全然无所知。

自从菲茨乔治先生过世之后，她便告诉自己，她这辈子再也不会经历奇特而有趣的事了。如今看来，这一预言显得十分荒谬。重孙女德博拉的意外出现带给了她奇特而有趣的经历：德博拉和年轻时的她在脑海里相遇、交错，记忆随之混淆了起来。菲茨乔治的死让她一下子衰老了，这一年纪的人大抵都是如此，突如其来的衰老让人猝不及防，也许，她的大脑已经不太清醒了，不过至少她还有自知之明，只见她对德博拉说："继续说吧，亲爱的，你就是年轻时的那个我。"年轻而自我的德博拉并未领会那句话中的含意。斯莱恩夫人无意间说漏了嘴。她并未打算向重孙女敞开心扉，毕竟，她的一只手已触及死神之门的插销，她无意让自己过往的问题困扰眼前年轻的德博拉。如今，于她而言，仅仅是做一个安静的听者，专注地聆听，便已足够。与此同时，她还可以依据喜好，让自己过往的秘密在脑海间穿梭徘徊——毕竟，斯莱恩夫人向来喜欢沉浸在私密的欢喜中，自得其乐。只是此刻的乐趣更为私密，有点儿朦胧，不甚鲜明。她的感受既强烈又模糊，因此她可以尽情地享受，却无须加以思考。在她人生的暮年里，在韶华尽失、褶皱丛生的时光中，她竟得以重返激情荡漾的青春年华；她再次成为河流中摇摆的芦苇，成为驶向大海的一叶轻舟，一次次被海浪带回安全的河口。青春！青春！她如此这般想着、回味着。在与死神如此近距离相对而视的岁月里，她竟想象着自己再次身临险境，只是这一回，她将勇敢地直面挑战，她将不再妥协与让步，她将变得坚定、自信而从容。眼前的这个孩子，这个德博拉，这个自己，这另一个自己，她自身的投影，便是坚定而自信的。她说，她的订婚是一个错误，她之所以订婚，纯粹是为了讨好祖父（她并不在乎妈妈，也不在乎祖母，可怜的梅布尔！），因为祖父对她寄予厚望。她说，他希望看到她有朝一日成为公爵夫人。但那又能代表什么呢？她问道，比起自己成为音乐家的志向，那又算什么呢？

当她说出"音乐家"一词时，斯莱恩夫人先是一惊——她正颇为自信地等着她说出"画家"一词——随即便被拉回现实。不过，说到底，音乐家和画家相去不远，她的失望很快就得到了化解。眼前这个女孩，说出了当年的她未能说出的话。若与价值观念相近的人结婚，她并无意见。但当两个人对于码和英寸这类度量单位都无法达成一致时，那他们就不可能相互理解了。对于她祖父和前未婚夫而言，财富和头衔当以码论——一码、两码、一百码、一英里；于她而言，这些只能以英寸计数——一英寸，甚或半英寸。可是音乐，以及所有与之相关的东西，却无法用任何现有单位来衡量。因此，她很感激她的曾祖母，让她在世俗世界里的身价贬了值。"你瞧，"她似乎被逗乐了，"有这么一星期，所有人都觉得我会成为一大笔财产的继承人，当这一幻想被打破时，我很容易便从婚约中脱身了。"

"你是何时终止婚约的?"斯莱恩夫人问，她的剪报上可没有提及这件事。

"就在前天。"

热努带着晚报进来了，她很高兴找到借口再看德博拉一眼。斯莱恩夫人一把将绿色包裹塞到织物下面。"我不知道你终止婚约了。"她说。

"真是一种解脱。"德博拉边说边扭动着肩膀。她终于从那个疯狂的世界中抽身出来。"曾祖母，那个世界疯狂吗？"她问道，"还是说疯狂的其实是我？是因为我无法适应那个世界吗？我是异类吗？别人觉得重要的事我觉得不重要，而我觉得重要的事别人也毫不在乎。不过，我为什么要接受别人的想法呢？我自己的想法也很可能是对的——于我自己而言。我认识一两个与我持相同观点的人，这类人总是和祖父或卡丽姑祖母谈不到一起。还有……"她停顿了一下。

"继续说吧。"斯莱恩夫人鼓励道。这一跌跌撞撞、略带不知所措的独白令她十分感动。

"嗯，我觉得祖父和姑祖母之间似乎有一种默契。他们赞同的人也和他们气味相投，彼此有着很强的凝聚力，就像是堆积着的混凝土一样。但我喜欢的人都是独来独往的类型，他们像散沙一样，凝聚不到一块儿，只是在相遇时能一眼认出彼此。他们觉得这个世界上有比祖父和卡丽姑祖母眼中重要的事更加重要的事。我现在还不完全明白那究竟是什么。假设是宗教——假设我想成为修女，而非音乐家——我觉得即使是祖父也能大致明白我在说什么。可是，答案并不是宗教，但它却有着宗教般的特质。比如说，比起祷告来，音乐和弦更能给我满足感。"

"继续。"斯莱恩夫人说。

"然后,"德博拉接着说,"我发现,我喜欢的人身上有一种很固执、很严酷,近乎残酷的东西,一种坚不可摧的诚实。他们似乎决意不惜代价追求他们觉得重要的东西。"德博拉稍做停顿,记起了祖父和姑祖母对这类人的评价,"当然了,我知道他们是这个社会上所谓的无用之人。"她说这话时满脸严肃,透着一股稚气。

"他们自有他们的用处。"斯莱恩夫人说,"他们起到了发酵剂的作用。"

"我一直都不知道那个词怎么发音。"德博拉接话道,"不过我觉得您说的是对的,曾祖母。但发酵剂发挥作用需要很长时间,而且最终受到影响的也只是有着相似想法的人。"

"说得对,"斯莱恩夫人道,"但有相似想法的人其实比你想象的要多,只是有很多人会竭力掩饰他们的真实想法,只有在危急时刻才会暴露出来,比如说,如果你快要离世了。"——可她实际上想说的是"如果我就快离世了"——"我敢说你会发现你的祖父实际上比你(我)想象的更了解你(我)。"

"那只是一种多愁善感罢了。"德博拉不无坚定地说,"死亡自然会震慑到每个人,甚至包括祖父和姑祖母——

死亡会让他们看到他们先前选择忽略的东西。但我喜欢的那些人，他们并没有病态地迷恋死亡，并不是只在危急时刻才有这样的想法。他们无时无刻不在追寻着自己认为的生命中最重要的东西。死亡毕竟只是一个事件。当然了，生命本身也只是一个事件。我所说的东西，位于两者之外。而且它与祖父和姑祖母希望我过的生活无法协调。是我错了吗？还是他们错了？"

斯莱恩夫人知道这是她可以惹恼赫伯特和卡丽的最后一次机会。就让他们称她为邪恶的老妇人吧！她知道她不是就行了。眼前的这个孩子是个艺术家，应该鼓励她走出一条属于自己的路。这个世上有太多的人可以完成所谓的实际性工作，并享受由此带来的回报，或承担相应的后果。而德博拉显然属于少数群体，超然物外，对诸如金钱、地位等世俗诱惑无动于衷。这样的人应该去尽情追寻属于自己的道路。从长远角度来看，当今天成为历史，当所有的喧哗逐渐尘埃落定，历史的长河里，最终得以沉淀的声音往往来自诗人和先知，而非征服者。耶稣本人即属此类。

她无法估算德博拉的才华，但重要的并非才华的高低。成就固然重要，但更重要的是精神本身。若仅凭成就论英雄，便是亵渎了精神，便是向世俗低头——这是对世俗评价体系的妥协，偏离了斯莱恩夫人及其同类所认可的严格公正且苛刻的标准。她心里虽这么想，口里却说出了全然不同的话。只听她说："噢，亲爱的，如果我没有将那笔财产随意处置掉，我可以帮助你真正地独立。"

德博拉笑了。她说，她需要的是建议，而非金钱。不过斯莱恩夫人清楚，她其实也不需要建议，她早已下定了决心，她需要的是鼓励和支持。很好，既然她需要的是赞同，她应该得到赞同。"你说得当然对，亲爱的。"斯莱恩夫人温柔地说。

她们又说了好一会儿。德博拉得到了理解和同情，心情变得异常平静。不过，她注意到，曾祖母的思路时不时变得很混乱，让德博拉摸不着头绪。对她这把年纪的人来说，这也实属正常。她有时仿佛在谈论自己，当想起和她谈话的是德博拉时，又极其笨拙地试图掩盖自己的疏漏，强打起精神与眼前这位女孩谈论她的未来，而非遥远过去曾经出错的那些事，虽然受好奇心驱使的德博拉很想知道曾祖母过去究竟发生了什么事，让她如此念念不忘。此刻与这位老妇人的重聚如傍晚时分轻轻拨动的和弦，抚慰着她的内心，与她们相伴的还有渐渐合拢的影子和在窗外翩翩起舞的飞蛾。她靠着老妇人的膝盖，沉浸在温暖的包容中，陶醉在轻柔和谐的声音里。周遭所有的喧嚣和骚动于此刻逐渐消逝，一切叮当铿锵之声也归于沉寂。她的祖父和卡丽姑祖母终于失却了原本的重要性，皱缩成摆弄姿势的木偶，脸庞如同羊皮纸，双手愚蠢地挥舞着。所有原本被压抑的价值观如同插上了天使的翅膀，在德博拉的世界里升腾翱翔了起来。德博拉的脑海里呈现了不可言喻的联想。她想起曾经看到一袭白衣的年轻女子引领着一只白色的俄罗斯狼犬，行进在南部港口城市的黑夜里。她的曾祖母与她相隔数代，但两人在精神上却是如此契合。此次探望曾祖母，不仅仅是身体上的近距离亲密接触，更是两个灵魂的交融。这一经历奇迹般地唤醒了她一直以来珍藏于心的短暂而宝贵的记忆。她发现自己开始畅想以后是否能用音乐书写并记录此刻与曾祖母相处的时光。当然，这一想法并不完全源自她对曾祖母本身的兴趣——用音乐表达情感与思想，似乎透着那么一点儿自我的意味，然而，这种形式的自我，她相信曾祖母一定不会介意，也不会误解。她最初是一时冲动，来到汉普斯特德看望曾祖母。如今看来，这种冲动是明智的，有脑海里响起的音乐之声为证。遥远的钢琴之上，和弦被拨动了，而这和弦所奏出的音乐，在祖父和卡丽姑祖母所在的世界里并不存在，也毫无意义。但在她曾祖母的世界里，音乐的价值和重要性却得到了彰显。但她不能让曾祖母太疲惫了，德博拉心想。

她突然意识到，曾祖母已经有好一会儿没有说话了。她的曾祖母一定是睡着了。她的下巴耷拉了下来，一直垂到胸口的蕾丝上方。她可人的双手在憩息时也显得十分软弱无力。德博拉小心翼翼地起身，轻轻地带上身后的门。随着探访的结束，她想象的和弦之声也暂时停息了。

一个小时后，热努端着盘子进来了。"夫人，饭菜好了。"可是很快，她尖声惊叫起来："我的上帝，这是怎么回事？夫人死了！"

"这是意料之中的。"卡丽一边用手擦着眼泪，一边说。父亲去世时，她也没有这般伤心过。"巴克劳特先生，这虽然是意料之中的，但消息传来时，还是让人无法接受。你也知道，我可怜的母亲是位卓越的女性——不过我不明白你为什么会知道这一点，毕竟她只是你的租客。《泰晤士报》的一位记者今天早上形容她为罕见的精神领袖。我也常常如此描述母亲：她有着罕见的精神。"卡丽显然忘记了她还说过许多其他的话。"不过母亲有时让人难以驾驭。"她补充道，她大概是突然想起了菲茨乔治的财产，"在某种程度上有些不切实际，但这个世界上也不仅仅只有切合实际的事情才重要。你说是吧，巴克劳特先生？"《泰晤士报》也是这么说的。卡丽接着道："我可怜的母亲有着美丽的天性。我并不是说她的行事方式我都赞同。她的动机有时让人难以捉摸。你知道的，还是那个词：不切实际。抑或说：不甚明智。此外，她也有非常固执的一面。有些时候，她不愿意听从我们的建议，而考虑到她的不切实际，这实在是很不幸。她若是愿意听我们的，我们现在的处境会大不一样。不过，事已至此，覆水难收，不是吗?"卡丽说完，强装坚强地朝巴克劳特先生微微一笑。

巴克劳特先生没有应答。他不喜欢卡丽。他想不明白，他的老朋友如此敏感坦诚，怎么会有一个如此麻木虚伪的女儿。尽管巴克劳特先生对斯莱恩夫人的去世深感哀恸，他还是决意不在卡丽面前表露他的真实心情。

"楼下有个人可以量棺材的尺寸，你可以找他。"巴克劳特先生说。

卡丽瞪着他。他们果然没说错：这个巴克劳特先生果然是个没心没肺的老男人，可怜的母亲去世了，他竟然连一句得体的话也不愿意讲。卡丽自己如此慷慨地盛赞了母亲罕见的精神，的确，卡丽觉得自己发表的讲演是对死去母亲的慷慨致敬，毕竟她的母亲曾经在子女们身上耍把戏，深深地伤害了他们的感情。因此，她在发表针对母亲的评论时，自觉特别义正词严。与此同时，根据她的社交准则，巴克劳特先生至少应以优雅体面之辞作礼节性的回应。毫无疑问，他当时一定也馋涎于菲茨乔治那碗粥，希冀分得一杯羹，却最终落空，于是心生不满与愤恨。不过，一想到这个老骗子没能得逞，卡丽不禁窃喜。巴克劳特先生就是那种老骗子，专坑毫无戒备的老妇人。而如今，他心怀仇恨与报复之心，才会专门带个人过来给死去的母亲做棺材。

"我的兄弟斯莱恩勋爵很快就会过来安排好所有的一切。"她不无傲慢地回答。

然而，谷谢伦先生已经站在门口了。他进来时，将头上的圆顶礼帽微微倾斜了一下，以示敬意。不过他这一举动究竟是对谁做出的，是躺在床上的斯莱恩夫人，还是站在床侧的卡丽，则不得而知了。谷谢伦先生从事了多年的殡葬服务工作，对死亡已习以为常。但斯莱恩夫人和其他客户不同，他对夫人还是有感情的。面对眼前此景，恻隐之心油然而生。他已决定将自己最为珍视的木材拿来做夫人的棺材盖，以此表达他内心的情感。

"夫人去世了，但她看上去仍然那么可爱。"他对巴克劳特先生说。

两个人都无视卡丽的存在。

"可爱的人，无论是生前逝后，都是可爱的。"谷谢伦先生说，"死亡有时反而能激发生命之美。这话是我的老祖父告诉我的，他曾经也从事过这一行。五十年来，我一直在试图体味他的话。他曾说，生之美可能来自外貌、服饰和其他肤浅之物，而死之美则全靠人品呈现。巴克劳特先生，你现在看看夫人，你觉得这话说得有理吗？"紧接着，他神秘兮兮地告诉巴克劳特先生："跟你实话实说吧，如果我想判断评估一个人，我就会想象他死亡时的模样。这招很管用，尤其是在对方不知道你内心所想的时候。我第一次见到夫人时就心想，她是个不错的人；如今我看到了她死后的模样，我的判断依然没变。她身处这个世界，却一直涉世不深。"

"是的，的确是这样。"巴克劳特先生答道。谷谢伦先生一出现，他便愿意开口谈斯莱恩夫人了。"而且她从来未能真正接纳这个世界。她拥有世人认为最好的东西，但这些东西却并非她想要的。她是真的如《圣经》里所说的那样，想到了那田野里的野百合，一切实际生活中的烦恼和忧虑便无迹可寻了，谷谢伦先生。"

"她确实是那样，巴克劳特先生。我曾经用《圣经》里的很多短语形容她的为人。同样的人事，出现在《圣经》里的，人们往往会赞同，但出现在实际生活中时，人们的反应就不一样了。要是有些情况出现在自家人的身上，他们会觉得无法理解，可要是他们从诵经台上听到类似描述，又会立刻肃然起敬，深表崇敬。"

天哪，被晾在一旁的卡丽心想，这两个老头要当着母亲的面聊到什么时候，他们是把自己当成了希腊戏剧合唱队了吗？她来汉普斯特德的时候，便已努力调整好了心态：她决意让自己尽量慷慨，尽量宽容——在这个过程中，有些真情实感确实帮了她的忙——但此刻，她感觉自己就要爆发了，她已无法自持。她的暴躁脾气在满腹委屈的搅动之下，已接近沸点。眼前的这位经纪人，还有这位殡葬员，他们谈得如此心安理得，如此气定神闲，而他们对母亲又能有多少了解？

"也许你们应该把我母亲的葬礼致辞留给她自己的家人来宣读。"她怒气冲冲地说。

巴克劳特先生和谷谢伦先生不约而同地转向她，露出了严肃的神情。突然间，在她眼里，他们似乎超脱出来，成了笑柄，却也成了正义的化身。他们犀利的眼神将她体面的虚伪外衣层层剥落。她能感受到，他们在评判她。谷谢伦先生正在用他一贯的方式将她想象成一具尸体，他正眯起眼睛，努力发挥自己的想象力，将她平置在床上，上下打量着已经失去自控和防卫能力的她。她那番关于罕见精神的言论也化为了灰烬。显然，巴克劳特先生、谷谢伦先生同她母亲沆瀣一气。他们是同道中人，这一事实无法遮掩。

　　卡丽无处藏身，只得用社会规范来对抗他们。她转向谷谢伦先生："在死亡面前，请您至少摘下帽子。"

惊奇 wonder BOOKS

| 激情耗尽 | 出版统筹 周昀 | 责任编辑 张玉琴 |
| JIQING HAOJIN | 特约编辑 黄建树 | 封面设计 郑元柏 |

图书在版编目 (CIP) 数据

激情耗尽 /（英）薇塔·萨克维尔－韦斯特著；沈矗，孙芸珏译 . -- 桂林：广西师范大学出版社，2022.9（2024.10 重印）

ISBN 978-7-5598-5255-7

Ⅰ.①激… Ⅱ.①薇…②沈…③孙… Ⅲ.①长篇小说－英国－现代 Ⅳ.① I561.45

中国国家版本馆 CIP 数据核字 (2022) 第 149657 号

出版发行　广西师范大学出版社
　　　　　　地址：广西桂林市五里店路 9 号
　　　　　　邮编：541004
　　　　　　网址：www.bbtpress.com

出版人　黄轩庄
经销　　全国新华书店
发行热线　010-64284815
印刷　　山东临沂新华印刷物流集团有限责任公司
　　　　　地址：山东临沂高新技术产业开发区工业北路东段
　　　　　邮编：276017
开本　　787mm × 1092mm　1/32
印张　　7
字数　　118 千字
版次　　2022 年 9 月第 1 版
印次　　2024 年 10 月第 7 次印刷
定价　　42.00 元

如发现印装质量问题，影响阅读，请与出版社发行部门联系调换。